Scintille Feltrinelli

Dario Fabbri

SOTTO LA PELLE DEL MONDO

Prima edizione in "Scintille" settembre 2024

Stampa Grafica Veneta S.p.A. di Trebaseleghe - PD

ISBN 978-88-07-174520

FSC
www.fsc.org
MISTO
Carta | A sostegno della gestione forestale responsabile
FSC® C021883

GRAFICA VENETA
CARBON NEUTRAL

Questo libro è stampato da Grafica Veneta S.p.A.
con un processo di stampa e rilegatura certificato 100% carbon neutral
in accordo con PAS 2060 BSI

Sotto la pelle del mondo

Anticamera

Non riconosciamo il mondo che abitiamo. Improvvisamente spaventoso, impossibile da leggere nel suo muovere. L'impressione che guerre e altre crisi si susseguano senza riposo, con puntuale asimmetria.

Da qui due corollari confliggenti, dunque identici. La tenera speranza che questa fase sia incubo da cui ci desteremo per tornare alla nostra intronata e dolcissima routine.

Oppure, il terrore di scivolare verso l'apocalisse, nucleare o financo ambientale. Ineffabile choc prodotto dall'aver creduto vero l'impossibile, in assenza di strumenti per decrittare la realtà.

Per decenni abbiamo appreso che la storia era finita, sostituita dalla fissità degli scambi commerciali, dalla preminenza dell'economia, dalla superiorità morale di alcuni umani (ovviamente occidentali).

Con noialtri ben contenti di smettere di studiare la storia, le storie, espunte senza nostalgie dai nostri libri di testo, se non per alcune screziature leaderistiche o materiali, tra la romanzata aneddotica di re e condottieri e gli irrilevanti sviluppi commerciali.

Nella dimensione parallela della nostra istruzione pubblica (e privata), il resto del mondo è tuttora narrato come tendente verso Occidente, approdo ultimo dell'evoluzione, bramante di parlare inglese, di campare come noi. Le collettività giudicate per le forme istituzionali, dunque tramite rappresentazione del reale, non per sostanza. Gli Stati estranei alla democrazia descritti come inferiori o incapaci di replicare un percorso luminoso. Le guerre come inammissibili anacronismi, annullate dall'ecumenico riconoscimento dei diritti umani, inventati tra Francia e Stati Uniti, ma protocollati come universali – va senza dire.

Gli unici conflitti contemplabili quelli innescati dall'utilitarismo o dalla volontà di un singolo tiranno, ogni volta agente sopra e contro la popolazione.

Su tutto, la cantata estinzione dei popoli, apparentemente rimpiazzati dai cittadini, categoria giuridica *à la carte*, liberi di aderire a specifiche collettività per turismo o convenienza, siano queste europee o sideree.

In epigrafe: tutto ciò che non esiste, che mai è esistito.

Sulla Terra, vale il contrario. La storia non s'è mai arrestata, neppure per un battito. La stragrande maggioranza degli umani non vive di economia, non la ritiene fine ultimo della propria traiettoria.

Nel XXI secolo, gli imperi agiscono con smaccato piglio antieconomico, determinati a rimanere nella mente dei posteri per la civiltà creata, per le battaglie vinte, per la lingua diffusa, non per il benessere ostentato. Con i piedi nell'attuale, sono ossessionati dalla storia che masticano costantemente, cucendola sulle ambizioni future. Dagli Stati Uniti alla Cina, dalla Russia all'Iran, fino alla Turchia, all'Etiopia.

Gli altri umani non hanno intenzione di rinnegare il proprio "costume" per vivere come noi. Non perché interdetti da qualcuno o inabili a comprendere la nostra (presunta) superiorità. Semplicemente, non vogliono baloccarsi tra gli aperitivi e i punti di pil, chiusi in casa la sera a guardare fuori dalla finestra – ammesso ne posseggano una. Non segnalano alcun apprezzamento per l'inglese, né riconoscono prerogative e democrazia distillate quaggiù, costruzioni che sovente giudicano (neo)coloniali. Vescicante consapevolezza.

Da tempo si è esaurito il complesso d'inferiorità verso l'Occidente, conseguenza del dominio incontestato sul mondo delle potenze euroamericane negli ultimi cinque secoli.

Nel resto del pianeta le guerre sono continuate incessantemente, accese da sentimenti: odio, desiderio, sopraffazione, conquista. Assai raramente da interesse.

Più importante, i popoli godono di eccellente salute, lottano con e contro di noi, indifferenti alle cittadinanze di matrice illuministica, di cui non troviamo traccia già in Anatolia o nella Mesoamerica, là dove vige la dimensione collettiva del vivere. Oltre le nostre camerette, nessuno si pensa individuo, mentre riconosce dignità a sé medesimo se incardinato in una specifica comunità.

Confutazione dell'enfasi elettoralista – "in questi anni voteranno miliardi di persone" – ancora una volta soltanto nostra, ma sventolata come planetaria, metonimia in spregio della contemporaneità. Gran parte degli esseri umani non celebra regolari elezioni oppure si esprime nelle urne in sintonia con l'etnia o la tribù di appartenenza, mai per ragionamento individualistico, bollato inammissibile.

L'esito elettorale non influisce sulle vicende, se non come conseguenza di mutamenti antropologici o contestuali già avvenuti o in fieri, di cui l'analista deve possedere precedente contezza.

Ritorno della realtà impossibile da inibire, neppure con le fole che solitamente usiamo per stordirci.

Fine della storia e occidentalismo si declinano in due principali distorsioni. Anzitutto nel leaderismo, patologia presente in molte declinazioni, sostanza della politologia. Nella sua accezione ermeneutica è contributo americano alla teodicea.

Da secoli i filosofi cristiani si sbracciano per spiegare il massimo dilemma. Se Dio è buono e misericordioso perché nel creato vi è il male? Quesito che mai contemplarono i pagani pensatori greci o romani. Gli dèi della classicità non erano affatto "buoni", nel loro antropomorfismo uccidevano e stupravano, tra questi e la ferocia dell'intorno non vi era iato. In antichità, le sculture di Dioniso o Artemide erano cinte da catene, nel timore che nottetempo potessero liberarsi e provocare tragedie.

Soltanto l'infinito amore del Dio cristiano impone(va) tale dubbio, reso in teodicea dal tedesco Gottfried Leibniz che estrasse il neologismo dal greco antico (*theos dike*, giustizia divina).

Nei secoli numerosi filosofi si sono cimentati nell'esercizio, per nulla pleonastico, tempestivamente assolvendo Dio di ogni responsabilità (o quasi).

Leibniz scagionò il Creatore perché il necessario male accresce il bene. Immanuel Kant ne attribuì la colpa agli esseri umani che creano il contesto attraverso l'esperienza delle scienze esatte e delle norme morali. In accordo con la coeva Rivoluzione francese che in Occidente (e solo in Occidente) radiava i popoli dal ragionamento sostituendoli con gli individui, maldestramente trascinati al centro dell'esistenza e della colpa.

Svolta cui si accodò Karl Marx, intestando il peccato originale a uno specifico gruppo, la dominante classe capitalistica. Beato lui.

Almeno dalla fine del Novecento nella teodicea è preminente la retorica statunitense. A Washington si esonerano gli individui e si incolpano del male capi e oligarchie che di questi travierebbero l'innata giustezza.

Quando in armi contro una potenza antagonista, gli americani si premurano di esprimere ostilità soltanto verso il dittatore locale, Saddam Hussein, Vladimir Putin o affini, mai contro "i cittadini", evidentemente presi in trappola dalla sorte.

Retropalco di tale impostazione è la partizione tra popolazione inopinabilmente buona e governanti platealmente malvagi. Specie se quest'ultimi si mostrano contrari alla supremazia americana o estranei alla nostra narrazione. In Iran anziché in Russia o chissà dove.

Senza cogliere il patente razzismo di tale proposizione, per cui i popoli non sarebbero in grado di decidere per sé, finendo regolarmente soggiogati da uno o pochi individui.

Epperò le collettività decidono sempre della propria traiettoria, esprimendosi ogni giorno con *ethos* e pulsioni, in presenza o in assenza di elezioni. I governanti, se autoctoni, ne sono semplice filiazione, privi di rilevanza.

Il principio di causalità va ritenuto inverso. Non è stato Donald Trump a creare l'America o Putin la Russia, ma il contrario. La democrazia è la migliore forma di governo possibile, ma gli esseri umani stabiliscono ed esprimono una direzione anche in mancanza di essa, come capitato per millenni e millenni.

Pure la peggiore delle dittature necessita di consenso, smettendo di esistere quando questo si estingue.

Colpe e meriti vanno attribuiti ai popoli, capaci di tutto ciò che vogliono. La teodicea leaderista si esaurisce nelle aggregazioni.

Putin è al Cremlino perché incarna l'imperialismo della popolazione, anelante di esercitare influenza sui vicini, specie sull'Ucraina. Se in piena débâcle i soldati russi fossero cacciati dal Donbass, il dittatore sarebbe immediatamente ucciso, senza compassione. Medesimo meccanismo in ogni angolo del pianeta quando il presunto artefice degli eventi perde sintonia con la collettività o con l'etnia dominante.

Ma comprenderlo significa accettare che i popoli perseguono naturalmente la potenza, che la violenza (ahinoi) è lo strumento più usato per segnare le epoche, che miliardi di esseri umani non accettano un mondo confitto in regole e schemi di produzione occidentale – il leggendario "diritto internazionale".

Tantomeno può salvare la nostra improbabile gnoseologia il mito dei "giovani del pianeta", categoria che, avverte la filastrocca, sarebbe pronta a realizzare una società paraoccidentale (ancora!).

Illusione commovente, propria di collettività irrimediabilmente senili, ignare degli istinti di adolescenti e ventenni. Visti dall'Italia, il paese più vecchio del mondo per età media, i giovani degli altri popoli assomiglierebbero ai nostri giovani che, per inevitabile osmosi, quaggiù hanno assunto *forma mentis*, idiosincrasie, pregi della schiacciante maggioranza anziana della società – come capitato a noi alla loro età.

Minoranza della minoranza della minoranza (potremmo continuare con le scatole cinesi), in Europa occidentale i ventenni perseguono agende da ultracinquantenni.

Sono giusti, moderati, non prolifici, minimalisti, alieni al potere, concentrati sul futuro, quest'ultima categoria pertinente soltanto gli anziani, eppure da noi equivocata come "giovanilistica". In un brocardo: sono l'opposto geometrico delle collettività dove i giovani sono maggioranza, portatori di caratteristiche proprie.

Nel resto del globo i giovani sono giovani. Dunque violenti, prepotenti, sentimentali, avventati, ingenui, massimalisti, inclini a imporsi sugli altri, pensanti soltanto il presente, perché sicuri di non morire mai, indifferenti al dopo sé, segnato dallo scrosciare del diluvio.

Impossibile, per ragioni antropologiche, vogliano contentarsi della qualità della vita, delle battaglie ambientaliste, di serie tv compulsivamente consumate su piattaforme americane.

Come dimostrato dalle ultime rivolte in Iran o in Africa Occidentale, scoccate dalla voglia di rimodulare la potenza, di cambiare traiettoria all'impero o collocazione alla nazione. Senza rinunciare ai massimi sistemi.

Alle nostre latitudini, evidenze mai sentite. Fraintendimenti propri della politologia, che pure fino a un lustro fa conservavamo senza gravi danni. Se non fosse che, nel frattempo, la nostra epoca ha subìto notevoli sconvolgimenti. Precipitato di quella storia che pretendevano obliterata – nel raccontare l'annullamento del tempo, qualcuno s'è comprato più di una casa al mare – e che ora prende a testate le nostre porte.

Potessimo interrogare sull'andamento del mondo un alessandrino del II secolo, dunque adoperando la *koinè* ellenica, questi non esiterebbe nel rispondere. Fase altissima dell'egemonia di Roma.

"Cosa regge il mondo?" "I traffici nel Mediterraneo," scolpirebbe senza ritegno per il nostro stupore. "Quanto durerà l'Impero romano?" "Per sempre," rincarerebbe.

Potessimo porre il quesito a un persiano dell'Ilkhanato turcomongolo nel (nostro) Basso Medioevo, otterremmo identico parere. Asterisco: quello mongolo è stato il più esteso impero terrestre della storia.

"Cosa regge il mondo?" "I traffici lungo la via della Seta," replicherebbe con sbuffo di sufficienza. "Quanto durerà l'Orda d'oro?" "Per sempre." Dissolvenza.

Interpellassimo uno spagnolo o un tedesco di dieci anni fa, l'esito sarebbe identico.

"Cosa governa il pianeta?" "L'economia." "Quanto durerà l'Impero americano (da noi edulcorato in globalizzazione)?" "Per sempre."

Probabilmente molti dei nostri concittadini (*sic*) ne restano tuttora convinti. Per le province di un impero cadere nel post-storicismo di matrice economica è traiettoria inaggirabile, favorita dallo stesso egemone, poiché l'espulsione dalla storia e il perseguimento della qualità della vita sono efficaci contravveleni a ogni revanscismo. Ma nulla è imperituro. Tantomeno ciò che è umano.

A differenza di due lustri fa, viviamo una fase di egemonia contrastata. Gli antagonisti sfidano apertamente la primazia statunitense, senza timore di incappare nella rappresaglia di Washington. Ragione dell'entropia cui assistiamo nel pianeta.

I russi invadono l'Ucraina riportando la guerra nel continente europeo, gli iraniani colpiscono Israele tramite Hamas, i cinesi coprono Mosca e Teheran diplomaticamente e finanziariamente, mentre ci rammentano che Taiwan dovrà tornare a loro, con le buone o *manu militari*.

A complicare ulteriormente il quadro, l'unico elemento inedito dell'attuale congiuntura. Solitamente, tali processi sono cagionati dal declino dell'egemone, cui si contrappone l'ascesa dei rivali.

Ma nel tempo corrente gli Stati Uniti godono di salute migliore rispetto agli altri. Nei dati strutturali, dalla demografia alla forza militare, restano inarrivabili, anche per la Repubblica Popolare, in palese difficoltà.

Qui il punto: nelle cose del mondo la percezione conta più dei fatti. E gli americani si mostrano depressi nonostante la maggiore grandezza, innesco dell'audacia altrui e sbiadimento della propria deterrenza. Probabilmente nel lungo periodo sarà ancora Washington a prevalere sugli sfidanti, ma prima di tale conferma assisteremo a notevoli perturbazioni, con la guerra che potrebbe toccare i nostri confini.

È dunque indifferibile rinnegare la sovrastruttura per tornare nel mondo.

Già negli anni universitari avvertii l'assenza dei popoli e della storia (delle storie) nell'insegnamento delle scienze politiche, delle relazioni internazionali, che per questo abbandonai senza rimpianti. Anzi, soltanto rifiutando tale studio ho potuto forgiare il mio pensiero. Almeno il 60% delle materie presenti in ogni corso liceale o accademico dovrebbe possedere taglio storico. Soltanto in tale prospettiva esistono e hanno rilevanza le vicende umane. Anche nelle discipline scientifiche, da ingegneria a fisica, non solo in quelle umanistiche – ammesso esistano ancora. Oltre alle storie, un corso dedicato all'analisi del mondo dovrebbe prevedere lo studio pedagogico e antropologico dei popoli, al di là dei sistemi istituzionali, economici o giuridici, utili per formare ottimi burocrati, inutili nel comprendere il nostro tempo.

Andrebbe poi aggiunto lo studio ancora storico ed etimologico delle lingue pertinenti le massime collettività: persiano, turco, mandarino, hindi/urdu, inglese, russo, castigliano, malese (anche d'Indonesia), francese, tedesco. Senza preminenza per nessun idioma, se non per l'italiano (fiorentino), da recuperare integralmente.

Meglio conoscere perfettamente evoluzione e utilizzo attuale di una specifica lingua anziché distrattamente adoperare in ogni luogo della Terra un inglese mediano. Per concludere con l'approfondimento di strategie e tattiche, passate e attuali, delle potenze.

Catalogo che è della geopolitica umana, strumentario per squadernare la struttura delle cose, attingendo alla storia anti-leaderistica,[1] all'antropologia, alla psicologia collettiva, alla (proto)linguistica, alla metafisica. Chissà se mai assisteremo alla riforma della nostra istruzione in tal senso.

Intanto, nel libro fra le vostre mani troverete l'applicazione della geopolitica umana alle massime questioni dell'attualità. Dal momento degli Stati Uniti allo scontro per Taiwan, dal sentimento dei russi al cambiamento nelle collettività tedesca e israeliana, dallo sguardo dei turchi e dei persiani alle contraddizioni dell'India, dalla guerra mediorientale al senso della Brexit, fino all'immobile congiuntura italiana. Taglian-

[1] D. Fabbri, *Atlante storico del Novecento. Dal 1900 ai giorni nostri*, Gribaudo, Milano 2024.

do ciò che conta da quanto insignificante, unica funzione di un *esperto*.

Qui non incontrerete discettazioni su di una immaginata realtà. Nessun fraintendimento sulla Commissione europea o altri simulacri del presente, né su desiderata e proclamazioni dei leader.

Proveremo a comprendere cosa vogliono i principali popoli della Terra dentro i principali dossier, penetrando istinti, stereotipi, razzismi, narrazioni, costumi, storie. Tutto ciò che scuote le nostre vite. Per calare, senza riserve, sotto la pelle del mondo.

Ville de Québec, 20 agosto 2024

I.

Il momento degli Stati Uniti

L'avvertita quiete del pianeta o di una regione è conseguenza della superiorità dell'egemone, forza impareggiata che inibisce le vertigini degli altri. Nient'altro.

Realtà letta nelle province dell'impero come fine della storia, trasformazione biologica degli umani. Viceversa, lo sfiorarsi delle grandezze scatena entropia.

Per potenza gli Stati Uniti restano inarrivabili, forse più di prima. Sfoggiano migliori segnali di vita.

Risiedono su *Marte*, lontani dallo spazio euroasiatico dove da sempre si resta incastrati. Sanno andare per mare in modo eccezionale, pure lentamente gli ispanici interni iniziano ad assimilarsi – meno i messicani. La presa sull'Europa, luccicante perla dell'impero, rimane indiscussa, resa nella pervicace diffusione della cultura d'oltreoceano, oggetto di santificazione ormai soltanto qui.

Gli sfidanti degli americani se la passano peggio.

Spaventata dalla spaccatura interna al proprio territorio, la Cina non riesce neppure a controllare i mari rivieraschi, la conquista di Taiwan resta un proclama, la controglobalizzazione (al massimo) un sinonimo di balcanizzazione. La Russia si sbraccia per sopravvivere come grande potenza – a patto vi riesca. Iran e Turchia tradiscono molteplici deficienze, peraltro con irraggiamento solo regionale. Ma la sensibilità vince sulla realtà.

In questa fase i rivali di Washington percepiscono una distanza inferiore dal Numero Uno. Sono audaci. Cinesi, russi, iraniani, turchi, financo yemeniti sciiti sono persuasi dell'inarrestabile declino della superpotenza anglosassone, sebbene non stia accadendo. Perché? In questa domanda vi è l'intera ragione del nostro vivere.

Perché da anni gli americani abitano gli abissi della depressione, mostrandosi immobili, riluttanti a intervenire là dove una volta mettevano i piedi nel piatto.

L'angoscia viaggia sull'intero territorio nazionale. Al 2023 il 29% degli statunitensi è stato diagnosticato clinicamente depresso almeno una volta, oltre cento milioni di persone, dieci punti in più di un decennio prima.[1] Molti annegano il dolore nell'alterazione.

Ancora nel 2023, oltre centomila sono spirati per overdose da Fentanyl,[2] oppioide sintetico prodotto nella Repubblica popolare cinese e importato dal Messico. Crudele compiacimento per Pechino che nel XIX secolo patì l'umiliazione delle Guerre dell'oppio.

Altri si tolgono la vita. Negli Stati Uniti il tasso di suicidi più alto d'Occidente (14 su centomila), quasi il doppio della Germania, tre volte più dell'Italia.[3]

La disperazione è fenomeno tipicamente imperiale. La sperimentarono illustri predecessori degli Stati Uniti, sovente con voglia di tramandarla ai posteri. Roma l'avvertì nello stomaco appena ascesa alla sommità del mondo che (ri)conosce-

[1] Cfr. M. Kekatos, *Depression rates among US adults reach new high: Gallup*, "Abc News", 17 maggio 2023.

[2] Cfr. US Centers for Disease Control and Prevention, 2023.

[3] Cfr. *Suicide rate estimates, age-standardized Estimates by WHO region*, World Health Organization, 2022.

va. Sconfitti i cartaginesi (146 a.C.), allestì la prima globalizzazione della storia, retta sul governo delle rotte mediterranee. La sorgente *pax romana* impose d'assecondare il benessere delle colonie, per tenerle a sé e avviarle alle dolcezze della vita, sedazione di ogni ribellione. Si diffuse nell'Urbe la sensazione d'essere danneggiati dal nuovo ordine, continuamente costretti in guerra senza godere di morbidezze diffuse altrove.

Il male oscuro colse anche i mongoli dell'Orda d'oro. Nel 1476 il Gran Ducato di Mosca rifiutò di pagare gli annuali tributi, eppure questi preferirono non reagire, piegati dalla coeva guerra contro i cugini del Khanato di Crimea, asfissiante giacché consumata nel parentado.

Ultimo atto fu il fronteggiamento dei moscoviti sul fiume Ugra, affrontato quattro anni più tardi con indolenza, nella vana attesa di rinforzi polacchi che non giunsero mai. Trascorsi mesi a osservare inutilmente il tramonto, reso tagliente dall'avvicinare dell'inverno sarmatico, i mongoli accettarono l'annientamento. Alieni in territorio straniero si lasciarono morire.

Efferati e formalisti, gli inglesi conobbero sconforto solo dopo aver perso gran parte dell'impero.

Fu l'umiliazione ricevuta a Suez (1956) da russi e statunitensi a costringere i circoli londinesi a rilevare una sfibrata potenza. Ne venne una sparsa e cattivante autocommiserazione, rintracciabile nel discorso pronunciato dal primo ministro Harold Macmillan al parlamento sudafricano. Tre febbraio 1960. "Piaccia o meno, soffia il vento del cambiamento e dovremo accettarlo," vaticinò a babbo morto.

Pure dentro un catalogo tanto alto, la sintomatologia degli Stati Uniti risulta a sé. Specifici i fattori che l'hanno cagionata. Aver pensato maneggiabile un mondo popolato da oltre otto miliardi d'anime è sforzo (probabilmente) inattuabile. Troppi i fronti da percorrere, i nemici da affrontare adesso per non morire domani. Romani e inglesi agirono tra molti meno umani. L'impero romano contava 40 milioni al 350 dopo Cristo, quello britannico dominava un pianeta di un miliardo di persone.

L'esigenza di controllare le rotte marittime e i quadranti strategici, Europa più vicinato, ha precipitato Washington in uno schizoide stato di belligeranza.

Combattere non riguarda soltanto i soldati al fronte o i *castra* allestiti nei molti continenti. La guerra è condizione che estenua l'intera popolazione, perennemente costretta sul chi va là.

Da tempo gli americani paventano d'essere strappati al sonno da una crisi sconosciuta. Nello scorso secolo temevano il confronto diretto con i russi, al momento l'invasione cinese di Taiwan o un peggiore conflitto in Medio Oriente.

In Europa occidentale la guerra è coreografia da guardare alla televisione o sulle reti sociali, Oltreoceano l'ordine di andare all'altro mondo, nella prossima battaglia *risolutiva*.

Congiuntura da impazzimento. Già nella guerra contro il Messico (1846-1848), gli statunitensi toccarono la vastità dell'umanità. Approdati a Città del Messico per prendere la Mesoamerica (movimento "All of Mexico"), rimasero sconvolti dal numero degli autoctoni. Troppi e troppo poco bianchi per assimilarli, come riferirono i molti razzisti di rientro.

Colpita dalla differenza degli altri, Washington concesse al vicino di sopravvivere. Misericordia *pro domo sua* che tornerà a tormentarla – appuntamento più avanti.

Lezione imprudentemente obliata quando si estinse il nemico sovietico, spaventoso e ostile, ma impegnato a manutenere per metà il pianeta. Al crepuscolo del Novecento, l'inedita monopotenza si fece atlante, offrendo al globo spalle mai troppo larghe.

Seconda ragione della malattia odierna. Equivoco da cittadinanza ideologica, gli statunitensi si convinsero fosse possibile assorbire l'umanità tutta. Stabilirono che questa desiderasse trepidante il loro verbo, da trasferire per mera presenza. Senza interpellare gli altri, presto dediti a smentire i nuovi padroni.

Oltre la penisola europea, gli umani non accolgono la visione d'Oltreoceano, né vogliono esprimersi nella lingua di Hamilton. Gli americani se ne accorsero all'alba del millennio in corso, durante l'improvvida invasione dell'Iraq, condotta con piglio impossibile.

Ragionamento da politologi: l'Iraq è una dittatura, dunque la popolazione avrebbe accolto con tripudio un intervento militare anti-Saddam. Evviva.

Posti gli stivali sulla sabbia, impararono che la questione si dipanava lungo linee imperiali, non dottrinali. La maggioranza degli arabo-sciiti, intima alla potenza persiana, preferiva sostituire l'allora regime sunnita (e cristiano) con un altro altrettanto dispotico ma rappresentante di sé.

Lo choc giunse nelle case degli americani con gli interrogatori dei marines catturati, trasmessi dalla televisione di Baghdad. "Pensavate d'essere accolti con mazzi di fiori?" affondò l'intervistatore in para-inglese, fissando prigionieri tremanti e anticipando la massiccia resistenza degli anni successivi. Al di là dell'oceano insisteva l'ignoto.

Sospetto validato dalla guerra in Ucraina. Anziché isolare i russi che osano respingere lo status quo, presso le Nazioni Unite governi rappresentanti oltre quattro miliardi di umani si sono rifiutati di condannare l'azione di Mosca.

Al fondo di tale posizione, la collocazione di Kiev sotto l'ombrello statunitense. Massima colpa. Presto celebrata da Pechino alla ricerca di una missione imperiale, sedicente portabandiera dell'ossimorica e inesistente dizione *Sud Globale* (quale delle due dimensioni geografiche?).

Rincrescimento che appesantisce l'approccio anti-economico attuato dagli Stati Uniti. Tra gli anni settanta e gli anni ottanta del secolo scorso, questi distrussero la propria manifattura per importare merci dagli altri e diventare compratori di ultima istanza.

Obiettivo ultimo: accrescere la dipendenza delle province e consegnarle al commercio, dimensione innocua dell'esistenza. L'America trionfante cominciò a occuparsi principalmente di guerra e finanza, attività dall'alto tasso egemonico, decise dallo strapotere militare.

Convincente col bel tempo, l'anti-economicismo si fa inaccettabile se l'umanità sfoggia indifferenza. Sfibrati dalla stanchezza, gli americani hanno scoperto insopportabile il minor peso riconosciuto alla qualità della vita, sacrificata per sedersi tra le grandi civiltà della storia. Gloria da inseguire convocando milioni di immigrati. Altra causa di turbamento.

La superpotenza necessita di *importare* esseri umani. Non per produrre in industrie che non ha più. Ma per tenere bassa l'età media della popolazione, altrimenti condannata a salire fino al minimalismo, sepolcro di ogni impero. Se in passato i ceppi allogeni possedevano madrepatria oltre il mare, in questi anni molti degli immigrati sono di origine messicana, con radici appena oltre il Rio Grande (Río Bravo del Norte). Eccessiva vicinanza agli avi che ne renderebbe impossibile l'assimilazione, nonostante gli oltre mille chilometri di muro eretti per separare i nipoti nati negli Stati Uniti dai nonni rimasti in Messico.

I numeri raccontano un'ascesa formidabile. Secondo il censimento del 2020, gli ispanici sono oggi circa 70 milioni su 330 milioni, sette volte più di cinquant'anni fa, prossimi a diventare un terzo della popolazione per la metà del secolo, quando i bianchi scivoleranno sotto la psicologica soglia del 50%. Poco conta che non tutti i *latinos* siano di ascendenza messicana – *chicanos* in gergo. Questi s'appropriano spontaneamente delle istanze degli altri ispanofoni – nella vulgata razzista sono tutti uguali. Già delusi dall'estero, gli abitanti di matrice anglo-germanica si sentono insidiati anche in casa. Come capitò alla fine dell'Ottocento ai creoli anglo-celtici con l'avvento dei tedeschi. Altro che faro del mondo. L'America è infelice.

Più grave. È spaccata davanti al malessere. Con coste ed entroterra esistenti in epoche diverse, produttrici di reazioni opposte. Nell'ultimo decennio, gli americani costieri hanno abbracciato il minimalismo, rinnegato l'impero di cui campano, manco fossero l'Europa occidentale.

Non più disponibili a sostenere senso di colpa per le ingiustizie commesse, pretendono di cancellare il passato per integrare gli ispanici e comprarne la benevolenza.

Rabbiosi di claustrofobia, al contrario i connazionali dell'*America profonda* vorrebbero appaltare agli (ingrati) satelliti, specie europei, la manutenzione dell'ordine globale, assegnando a sé i frutti del meccanismo. Tuttora certi di meritare volumi di storia che ne cantino le gesta, rifiutano l'autodafé, si scagliano contro newyorkesi e californiani (non solo intellettualmente), sognano di cacciare gli stranieri restii all'assimilazione.

Clamori corrispondenti il medesimo sconforto, resi nell'inutile competizione tra Joe Biden/Kamala Harris e Donald Trump, inconsapevoli alfieri delle due Americhe, sfidanti per l'impotente Casa Bianca. Ovvero, quanto risulta intellegibile in Europa occidentale, spesso per unica conoscenza più che per dolo. Nel nostro recinto si studia intensamente la politica degli Stati Uniti, paese pensato per farne a meno, dove si vota (poco) di martedì e solo previa registrazione.

Brandendo categorie solo nostre, si nota con stupore che a puntare la Casa Bianca sono candidati impresentabili. Senza sovvenire che non potrebbe essere altrimenti: il presidente non possiede poteri concreti e i padri fondatori pretendevano fosse la collettività, non i singoli rappresentanti, a scolpire il destino della nazione.

Harris e Trump non personificano (impossibili) schieramenti ideologici, ma semplicemente la risposta alla depressione delle due metà d'America. La democratica, utilizziamo l'accezione fingendo esistano i partiti d'oltreoceano, veicola il sentimento delle coste, il repubblicano, altra finzione, quello dell'entroterra. Più delle intemerate dei due, sono le pulsioni degli statunitensi a spostare il mondo. Conviene indagare queste. Principiando dai bordi, atlantico e pacifico, luoghi della nostra anima, troppo spesso rintracciati nella romanzata rappresentazione che la superpotenza offre di sé.

Newyorkesi, californiani, *yankees*, altri pacifici hanno accettato l'aporia dell'illusione universalistica.

Fu grave errore pensare il pianeta *redimibile* nella sua interezza, aspirante l'omologazione. Gli altri umani meritano scuse e forse anche un consistente risarcimento (morale). Non più metonimia dell'ecumene, l'America deve pensarsi nazione tra le nazioni. L'impero va barattato con un tempo convenzionale. "Non credo al nostro eccezionalismo,"[4] folgorò nel 2009 Barack Obama, primo presidente post-messianico. Lo scontro con la realtà ha sbiadito i convincimenti del popolo (che fu) unto del Signore. Il senso di colpa per le ingiustizie commesse, rovello di ogni egemone, s'è fatto insopportabile. Ogni violenza o disparità va rinnegata. Senza ripensamenti. Anima del wokismo.

Il passato da riscrivere per disapprovare la crudele affermazione americana sul resto. In nome della parità. "I nostri libri di testo sono stati scritti da uomini bianchi per altri uomini bianchi inneggiando alla loro natura di bianchi," interpola Jacqueline Jones dal Delaware, presidente dell'Associazione degli storici d'America.

[4] Citato in J. Fallows, *Obama on exceptionalism*, "The Atlantic", 4 aprile 2009.

Non per elaborare un'analisi meno leaderistica, finalmente dedicata ai popoli. Piuttosto, per inaugurare un metodo inclusivo, che chiuda i conti con il passato.

In una noce: smettere di studiare la storia per applicare il presente allo ieri. Rivederci e grazie, preso alla lettera da parte della cittadinanza. Negli ultimi due anni gli immatricolati universitari in Storia sono crollati del 50%.[5] Negli Stati costieri sono stati ricompilati i programmi scolastici e accademici per scomunicare i colpevoli di discriminazione (o potenza).

Una scuola elementare del Maryland ha ricevuto 250 mila dollari in sussidi per accompagnare gli studenti nel nuovo pensiero, segnato da ragionamenti scanzonati.

Tra gli altri: "Delegittimando la Corte suprema restituiremo il potere al popolo; forse gli Stati Uniti non hanno diritto a esistere dopo le atrocità perpetrate".[6]

La cancellazione della storia conduce senza fermate al post-impero, "paradiso in terra" anelato dagli americani sconfitti da sé stessi. Finché potenza, ogni collettività è ossessionata dalla storia, pensa soltanto le ere precedenti. Magnificando il passato si assegna un domani luminoso. Respingere la storia conduce alla normalità eterna. Tramite rappresaglia iconoclasta.

Nei lustri più recenti, Oltreoceano sono state abbattute statue di schiavisti, conquistatori, eroi confederati, razzisti di ogni taglia, a cavallo, passeggianti, a riposo. Cristoforo Colombo, Thomas Jefferson, Robert Lee, Thomas Fallon.

Financo la Disney è stata accusata d'aver diffuso intolle-

[5] Cfr. V.D. Hanson, *The woke university implosion – and what comes next*, "The New York Post", 26 dicembre 2022.

[6] Cfr. R. Lewis, *California elementary school spent $250K on "Woke Kindergarten" program, report says*, "Fox 45 News", 5 febbraio 24.

rabili stereotipi razzisti, così nel dipingere la Cina nel lungometraggio *Mulan*. Nell'oltrestoria, è peccato anche offendere il nemico.

Gli americani delle coste si compiacciono di un carezzevole e sconosciuto minimalismo. Vogliono vivere di economia (!), apprezzare la quotidianità. Come un qualsiasi popolo confitto in campo straniero, (auto)escluso dal massimo agone.

Certi del declino, parametrano l'esistenza sul tedio delle giornate, scandite dai punti di pil, dall'estensione dello stato sociale, dalla trasformazione *green* (*sic*) della società. Il materialismo negli anni imposto agli altri per umiliarli, ora applicano a sé.

Cancellato il passato, spaventati dal presente, si concentrano sul futuro, immaginario di ogni fallimento. Condannate le generazioni precedenti, si dedicano a quelle che verranno, a quanto pare, loro riconoscenti per aver salvato il pianeta dalla catastrofe ambientale e averle liberate della (super)potenza.

Abbandonata l'analisi storica, finalmente possono annunciare l'imminente fine del mondo. Per surriscaldamento climatico. Dimentichi che nei secoli l'uomo ha pronunciato tanta sentenza innumerevoli volte, scoprendosi ridicolo al successivo sorgere del sole.

In assenza di storia, vince sempre la suggestione. La questione ecologica, pure rilevante, ascende al grottesco. Contrari alla violenza, i nuovi americani propongono di sospendere l'assimilazione degli ispanici, specie *chicanos*. Demolito il proprio portato culturale, non ne hanno altro da imporre agli immigrati. Non esigono più di cambiarne la cifra antropologica, ne accettano l'ingresso nelle stanze del potere. Inneggiano al multiculturalismo, ideologia mai praticata oltreoceano, se non per occultare uno sprezzante etnicismo. Dall'assimilazione all'integrazione. L'Oregon o il Massachusetts come Saint-Denis o Birmingham.

L'America interna risponde al male di vivere emettendo rabbia in quantità. Tra i Grandi Laghi e il Golfo del Messico, tra il bacino del Mississippi e le Montagne Rocciose.

Se avvilimento si rintraccia ovunque, da queste parti di più. È depresso un quarto della popolazione di Alabama, Arkansas, Kentucky, Louisiana, Oklahoma, Tennessee, un quinto di Montana e Utah.[7] Male peggiore perché avvertito nel sagrato di un paese oleografico e perduto. Specie nel Midwest, Medio Occidente che in realtà è Medio Oriente geografico.

Dall'estrema Pennsylvania alle grandi praterie. "Qui vive la speranza del mondo,"[8] sospirò nel 1982 Ronald Reagan da Tampico, Illinoi(s), il cui nonno irlandese (O'Regan) anglicizzò il cognome per sfuggire alla discriminazione. Furono i tedeschi a trasformare la regione nella miniatura della nazione. Nel Midwest approdarono a milioni nel corso dell'Ottocento, unici invitati giacché cugini di sangue germanico, diventando in mezzo secolo maggioranza della popolazione.

Siamo in un'immaginifica Arcadia. Almeno dai tempi de *Il mago di Oz*, la più americana delle favole, traboccata nel 1900 dalla testa del tedesco-statunitense Lyman Frank Baum e messa su pellicola nel 1939 da Victor Fleming. "Penso al mago di Oz almeno una volta al giorno, forse di più,"[9] ha svelato David Lynch, regista originario di Missoula.

"Non c'è posto come casa," intona Dorothy Gale sognando di tornare in Kansas, dopo che un tornado l'ha spazzata via. In età scolastica milioni di bimbi statunitensi imparano che casa è da qualche parte nel Midwest, non altrove.

"Il romanzo racconta una fattoria nel Kansas perché una fattoria in Pennsylvania, Georgia, North Dakota o California non avrebbe avuto lo stesso impatto,"[10] ha inciso Paul Na-

[7] Cfr. M. Kekatos, *Depression rates among US adults reach new high: Gallup*, art. cit.

[8] Citato in B.E. Halvorson, J.O. Reno, *Imagining the Heartland*, University of California Press, Oakland 2022.

[9] Cfr. *Lynch/Oz* di A.O. Philippe (2022).

[10] Cfr. B.E. Halvorson, J.O. Reno, *Imagining the Heartland*, cit.

thanson, storico delle religioni. Per interpretare Dorothy fu scelta Frances Gumm Milne, meglio nota come Judy Garland, irlando-tedesca di Grand Rapids in Minnesota, erede di attori vaudeville. Medesima arte di coloro che, alla fine dell'Ottocento, recitando a Peoria, in Illinois, la trasformarono nel prototipo del villaggio statunitense. In nome dell'impero, il Midwest fu costretto a fermare la produzione industriale, tra urla e bestemmie. Nel 1983 Peoria fu scossa da uno sciopero di 205 giorni negli stabilimenti in chiusura della Caterpillar, una volta principale datore di lavoro locale assieme al birrificio Pabst, altrettanto fallito e altrettanto tedesco nel nome.

Negli anni successivi gli apparati washingtoniani avrebbero provato a reinventare il Midwest come terrazza soltanto agricola. Con scarso successo.

Prendiamo una puntata del quiz televisivo *Jeopardy!* in onda su "Nbc" nel 2017. Introduzione del conduttore Alex Trebek. "Il personaggio da indovinare una volta ha detto: ogni buona idea m'è venuta mentre mungevo una mucca." Silenzio in studio, nessuna lampadina si accende.

Trebek offre un indizio. "Suvvia, stiamo chiaramente parlando del Midwest." Altro silenzio. "D'accordo, siamo in ambito artistico," aggiunge Trebek. "Il pittore Grant Wood?" si lancia finalmente un concorrente. "Giusto!"[11] Nel Midwest vi sono campi ovunque, ma nella testa degli americani quella è la Rust Belt, cintura arrugginita dalle catene di montaggio abbandonate.

La narrazione fasulla increspa il risentimento dei mediocidentali. Tanto aspro d'aggrapparsi a Dixieland, Sud già confederato, storicamente nemico.

Svolta inaudita. Come la Baviera in Germania, rea d'aver inventato il nazismo, da oltre un secolo gli Stati del Sud sono

[11] Cfr. B.E. Halvorson, J.O. Reno, *Imagining the Heartland*, cit.

stati esclusi dall'ultimo cerchio del potere perché colpevoli d'aver abbandonato la Federazione. Su sentenza dei tedeschi (e degli irlandesi) del Midwest.

"Treue der Union", "fedeli all'Unione", grida nella lingua di Goethe il più urticante monumento del Texas, seduto nella cittadina di Comfort per celebrare l'anti-secessionismo dei tedeschi locali, accusati di filosofeggiare dagli anglo-texani, che spregiativamente appellavano *latini* i loro villaggi (*Latin settlements*) posti sull'altopiano di Edwards.

Distanti da New York e California, improvvisamente i medioccidentali avvicinano i (fu) sudisti. Le solitudini si imbrogliano vicendevolmente. Gli abitanti sparsi tra Stella Solitaria e Virginia si raccontano offesi, più americani degli americani che li hanno respinti.

Caso unico, i texani minacciano ciclicamente la secessione non per distinzione culturale o etnica, come capita altrove, ma perché i concittadini sarebbero meno autentici di loro.

Gli americani meridionali rivendicano d'essere stati traditi due volte – loro che traditori furono davvero. Nel 1865 quando furono costretti a rimanere nella Federazione. E adesso che le coste espungono dai libri di testo la narrazione della Guerra di secessione come tentativo di puntellare le prerogative degli Stati.

Dell'ostilità del mondo, questa America incolpa satelliti e concittadini costieri. Mai sé stessa, incorrotta della temperie esterna, unica titolare della patria.

Siamo stati noi, "smidollati *clientes* d'Europa", ad averla affaticata. La nostra ritrosia a combattere l'ha portata lontana dalle tombe degli antenati, strozzata dal senso del dovere. Nell'immaginario d'Oltreoceano figuriamo col naso inzuccherato in un interminabile tempo libero. Misconoscenza di un incastro pensato per conservare gli alleati in una bolla, di sola vergatura washingtoniana.

Sono stati poi i club di New York o di Stanford a spiegare

il mondo come argilla da manipolare. Assieme agli apparati capitolini, palude da bonificare, autori della globalizzazione e della guerra al terrorismo, fenomeni infiniti per definizione e svolgimento. Non importa che Washington sia punteggiata di toponimi germanofoni per lusingare il Medio Occidente – le linee della metropolitana vanno da Fredericksburg a Vienna.

Unica colpa degli americani d'entroterra: l'aver creduto genuinamente di salvare il mondo. "Se sbagliammo, fu per troppa devozione," batte il detto.

Questi non devono scuse a nessuno, non conoscono pudore. Se avvertono senso di colpa lo costringono all'intimità. Piuttosto, reclamano lodi. Gli altri dovrebbero consacrare *ex voto* per averli incontrati. Anzi, d'ora in avanti amici e nemici dovranno spendere e spendersi per godere della loro presenza.

Il contratto con l'umanità va riscritto. Specie le clausole riguardanti i soci più stretti, fruitori non paganti dell'impero. Per gli europei il momento d'accollarsi parte del fardello, di tornare alla belligeranza. "Non lascerò la Nato soltanto se le cancellerie continentali pagheranno,"[12] ha giurato Donald Trump, preso tremendamente sul serio da noi. Pure impossibili da realizzare, gli strali del newyorkese che si fece latore dello *heartland*, giacché di origini tedesche, fotografano l'istante.

Questa America non può ripudiare l'impero. Desidera ancora stare nelle pagine di storia che apprenderanno i posteri. Si oppone all'archiviazione del passato.

Nel 2023 il parlamento del Texas ha approvato una legge che vieta di introdurre l'attualità nelle scuole dello Stato. In filigrana: più del presente e del futuro, conta il passato.

[12] Citato in A. Mcdonald, *Donald Trump says he won't quit NATO – if Europe pays its way*, "Politico", 19 marzo 2024.

Oltre ogni infingimento, il quesito proposto nel 2024 nelle aule di Houston, principale metropoli della Stella Solitaria. Agli studenti è stato chiesto di immedesimarsi nei delegati dell'Assemblea costituente texana del 1836. "La schiavitù dovrebbe essere legale?" si legge.

Risposta multipla: "A) Il Texas dovrebbe approvare la schiavitù – questo sarebbe apprezzato dai proprietari di schiavi. B) Il Texas dovrebbe bandire la schiavitù come il Messico perché è immorale e crudele. Chi se ne importa degli schiavisti? C) Il Texas dovrebbe autorizzare la schiavitù per vent'anni. Così gli schiavisti avranno tempo per abituarsi".[13]

No, non siamo tra nichilisti californiani. Sconfitta l'iniziale inerzia, numerosi Stati meridionali hanno vietato l'abbattimento delle statue sudiste. In faccia alla cultura della cancellazione.

"Lo spirito woke si ferma qui,"[14] ha avvertito Ron DeSantis, governatore della Florida, Stato geograficamente costiero, ma culturalmente sudista nella sua porzione settentrionale, anche nota come LA, acronimo di Lower Alabama, (Più) Bassa Alabama.

Gli anglo-germanici di dentro non accettano la differenza degli ispanici, specie dei *chicanos*. Ne invocano l'assimilazione per conservare superiorità, ma temono sia impraticabile per eccessiva vicinanza di questi alla nazione di provenienza. Meglio impedire giungano in massa.

Con o senza muro. Questo il senso della disputa tra autorità texane e federali sul confine nazionale.

Dopo aver accusato Washington di favorire l'afflusso di

[13] D. Walsh, *"Should slavery be legal in Texas?" Houston ISD seventh graders asked in lesson about 1836 Constitutional Convention*, "Houston Public Media", 26 gennaio 2024.

[14] K. Alfonseca, *Some educators slam DeSantis' war on "woke" in education*, "Abc News", 18 gennaio 2023.

milioni di clandestini, il governatore Greg Abbott, raro caso di cognome americano realmente di origini inglesi, ha evocato l'articolo I, sez. 10, terzo comma della Costituzione che assegna ai singoli Stati la protezione delle frontiere. E nel gennaio del 2024 ha spedito la guardia nazionale, statale a dispetto del nome, alla soglia di El Paso. Provvedimento approvato da Stati affini presenti sul posto con propri militari: Arkansas, Oklahoma, Nebraska, Virginia, Iowa, Idaho, Florida.[15]

L'America nota come profonda vuole recuperare la testa del paese. Con la forza. Nulla di inconsueto. Nei contesti massimalisti i cambi di regime avvengono violentemente, al cospetto di istituzioni democratiche o meno. L'esistenza di un impero non riguarda soltanto l'esterno, si consuma anzitutto internamente. Come avvenuto negli Stati Uniti ai tempi della rivoluzione indipendentista, della guerra civile, dell'assimilazione dei tedeschi nei campi di concentramento.

Così il 6 gennaio 2021. Sconfitti alle urne, "i deplorabili" dileggiati da Hillary Clinton si lanciarono contro il Campidoglio – altro toponimo di traslazione imperiale.

Per la prima volta, la bandiera confederata apparve nelle aule del Congresso unionista, sventolata da golpisti di provenienza medioccidentale.

Sgrammaticatura figlia (culturale) dei tempi. Con i media concentrati sulla venatura trumpiana dell'assalto, nel solito equivoco che vuole il leader causa e non rappresentazione degli eventi.

Peraltro, i presidenti americani di fatto non hanno poteri, né potrebbero distruggere unilateralmente la globalizzazione o la Nato, neppure disponessero di dieci mandati. Valgano gli ultimi due casi.

[15] A. Coronado, *What to know as Republicans governors consider sending more National Guard to the Texas border*, "Associated Press", 1 febbraio 2024.

Giunto alla Casa Bianca, Trump promise quattro risultati principali: diminuzione del deficit commerciale; rimpatrio di molti militari americani; apertura alla Russia; annullamento dell'immigrazione. Quando se ne andò, deficit commerciale e soldati all'estero erano aumentati; aveva subito un *impeachment* perché accusato di intelligenza con il Cremlino, senza che vi fosse alcuna apertura a Mosca; il numero degli immigrati entrati nel paese risultava mediamente superiore a quello degli *anni di* Obama.

Così, al suo insediamento, Biden promise di migliorare i rapporti con la Cina; di porre fine al protezionismo (che non esiste); di "ripristinare l'affidabilità degli Stati Uniti"; una migliore accoglienza degli immigrati.

Quattro anni dopo, Washington ha confermato e aumentato i dazi ai danni di Pechino; ha incrementato gli incentivi per produrre in patria; ha sperimentato il maggior odio del resto del mondo durante la guerra d'Ucraina, senza neppure avvertire i satelliti europei del ritiro dall'Afghanistan, deciso da decenni in seno all'opinione pubblica; ha autorizzato la costruzione di altri trenta chilometri di muro al confine con il Messico.

Non per cialtroneria dei poveri presidenti. Questi mancano dei mezzi, risultano insignificanti.

Conviene concentrarsi sulla disperazione degli americani che segnerà il pianeta. E le nostre vite. Proseguendo ben dopo le elezioni.

Presto la superpotenza dovrà stabilire cosa vorrà diventare. Senza istruzioni offerte dal passato.

Non solo perché le coste hanno abolito la storia. Mai un impero aveva provato a reggere un mondo tanto denso di umani o a trasformare tutti nella sua immagine. Da qui il percorso non è mai stato cartografato. Nei prossimi anni, gli americani potrebbero perdersi in una nuova guerra civile. Oppure destarsi per il definitivo attacco al loro primato.

Una sola certezza: la finzione che voleva l'economia pozione per governare il mondo non tornerà. L'odierna fase di egemonia contrastata proseguirà. E, se non lo accettiamo, assisteremo increduli agli eventi. Impegnati a discettare di Harris o Trump, quasi esistessero davvero, rischiamo di mancare i tumulti in rapido avvicinamento. Anzitutto, riguardanti la Cina, principale sfidante degli Stati Uniti. Con epicentro su Taiwan, l'isola più pericolosa del mondo.

II.

Taiwan e l'avvenire della Cina

La Cina si vuole egemone del futuro ma è fiaccata da notevoli deficienze demografiche, strutturali, culturali, militari. Gli Stati sono composti soltanto di esseri umani, dunque conviene principiare dalla demografia. Negli ultimi cinquant'anni la popolazione della Repubblica Popolare è clamorosamente invecchiata. L'età media è pressoché raddoppiata, passando dai 19,8 anni del 1974 ai 38,5 anni attuali. Entro il 2035, 400 milioni di cinesi avranno più di 60 anni, pari a un terzo della popolazione. Invecchiamento già drammatico per una società economicistica, esiziale per una potenza che vuole scalzare l'egemone dal trono, impresa realizzabile solo con la guerra (o preparandosi alla guerra).

Difficile da anziani sostenere il fardello psicologico e fisico richiesto dalle ostilità, accettare i sacrifici e le privazioni imposte da una feroce ascesa. Per Pechino la possibilità (concreta), di diventare prima senile che superpotenza. Non è una competizione per vecchi.

A differenza degli Stati Uniti (37,5 anni di età media che dovrebbero scendere a 36,5 entro il 2055), la Repubblica Popolare sente colare la sabbia della clessidra. Mutazione dolorosa per chi, da secoli, si pensa eterno.

Nell'Impero di Mezzo s'è allargato il già pauroso *clivage* tra la costa post-storica e benestante e l'entroterra violento e alla fame. *Chéngxiāng chājù* (城乡差距), "divario città-campagna" in mandarino, espressione usata nei libri di testo locali.

Squilibrio storicamente capace di condurre l'Impero han all'implosione. Nel 1279 la dinastia Song finì per tale discrepanza, di cui profittarono i mongoli poi Yuan. Così nell'ultima rivoluzione maoista, scatenata dal contado contro le metropoli. Ragione che nei secoli ha imposto alle varie dinastie di aprire e chiudere al commercio con l'estero, con il paese più ricco ma spaccato quando si relaziona con i mercanti stranieri oppure unito ma povero quando si chiude in sé.

Oggi i cinesi interni detengono un terzo del reddito di quelli costieri. E il 16% di coloro che vivono nelle campagne ha più di 60 anni, contro il 10% di quelli che risiedono nelle città.

Doppiamente grave, giacché grammatica impone sia più giovane la popolazione del paese profondo, onde impiegare il suo massimalismo, mentre risulta poco utile sia verde quella urbana, la cui freschezza anagrafica è resa inadoperabile dagli agi.

Anche le Nuove vie della seta, onirici sentieri di contro-globalizzazione pensati per insidiare la *pax americana*, attraversano una fase complessa. Esaurito l'iniziale entusiasmo di molti paesi, col tempo la "One belt, one road" ("Una cintura, una strada"), secondo marketing anglofono, ha cominciato a palesare le sue storture. Impostata sulle esportazioni della Repubblica Popolare, manca dell'attitudine a importare beni altrui necessaria a ogni sistema imperiale, costringe i paesi a aderirvi per massiccio indebitamento anziché per reale inclinazione, accresce involontariamente il peso degli Stati Uniti, con i soggetti economicamente dipendenti dai mandarini che reclamano la protezione del Pentagono.

Pechino è tuttora incapace di tramutare in potenza navale, di dominare le onde, palingenesi indispensabile per affrontare gli Stati Uniti, inarrivata talassocrazia della storia.

A questo si somma la cronica assenza di una missione imperiale, indispensabile in ogni scalata egemonica. Se l'America insiste nel raccontarsi in difesa dei diritti umani, splendente vettore della democrazia, da secoli la Cina fatica ad assegnarsi un destino specifico.

Le ricette finora attuate non hanno corretto la situazione. Anzi, hanno diffuso un rabbioso senso di impotenza. La fine della politica del figlio unico, con autorizzazione per i cittadini d'avere fino a tre figli (2013-2021) non ha arrestato l'incanutimento degli han, né favorito un fisiologico ricambio. Il tentativo di riportare in campagna la popolazione fuggita in città, per introdurla nuovamente alla storia, s'è rivelato fallimentare. I mandarini hanno riesumato lo slogan che fu di Mao ai tempi della tragica Rivoluzione culturale "tornate nei campi!", offerto sussidi a chi volesse compiere l'anabasi, hanno confermato la semiesclusione dalle scuole urbane dei figli dell'entroterra attraverso l'*hukou* (戶籍) (con "ou" da traslitterazione anglofona, ahinoi), la norma sulla residenza.

Ma tra il 2012 e il 2017 appena 7 milioni di cinesi sono rientrati in campagna, contro i 620 milioni che l'hanno abbandonata negli ultimi quarant'anni, noti come "lavoratori migranti" (*mingong*, 民工). In nome della "prosperità comune" (共同富裕), è stato imposto il trasferimento di capitale dai potentati urbani all'entroterra, punendo i capitani d'industria contrari attraverso la maliziosa lotta alla corruzione, ma la sperequazione di reddito è peggiorata. Dal 1995 la ricchezza dell'1% dei cinesi più facoltosi è raddoppiata, dal 15% al 30%.

Pechino ha accelerato la costruzione di navi militari, tentativo di surrogare con la quantità la mancanza di inclinazione culturale, fino a superare la flotta americana per numero di mezzi. Senza effetti concreti. Complicazioni acuite dal contenimento marittimo e dai dazi imposti all'industria cinese da Washington, per soffocare il rivale e ridurre il trasferimento sui fronti domestico e militare del surplus commerciale.

Non un *exploit* strutturale, l'attuale protagonismo cinese sulla scena globale è dunque conseguenza di una congiuntura favorevole, prodotta dall'introversione statunitense, dall'avvitamento russo in Ucraina, dall'ostilità che gran parte dell'umanità segnala verso l'Occidente.

Dopo aver accolto l'invasione russa con inquietudine, la Repubblica Popolare ha imparato a profittare degli eventi. La prolungata belligeranza va trasformando Mosca nel socio di minoranza del suo sistema, bisognosa di armamenti, di copertura diplomatica e militare. E la guerra costringe gli americani in Europa, distraendoli dall'Indopacifico.

Dal 2022 Pechino acquista gas e petrolio siberiani con lo sconto, con un aumento nell'importazione rispettivamente dell'8% e del 47%. Intanto palesa mire irredentiste sulla Siberia e sulla Manciuria russe, perdute a metà dell'Ottocento con le Guerre dell'oppio e i successivi trattati ineguali. Nel 2023 il ministero per le Risorse Naturali ha diffuso una nuova mappa della regione, in cui i toponimi cirillici sono stati sostituiti da quelli mandarini.

Tra questi, Vladivostok, sull'Oceano Pacifico, segnato con l'antica dicitura di Haishenwai (海參崴), avamposto russo in territorio cinese fin dal 1860; l'isola di Sakhalin presentata come Kùyèdǎo (庫頁), contesa da almeno due secoli; i Monti Stanovoj, nella Bassa Siberia, scanditi come Wài Xīng'ān Lǐng (外興安嶺), confine tra i due imperi fissato dal trattato di Aigun del 1858.

Il conflitto in Ucraina ha fornito alla Repubblica Popolare anche l'occasione per risanare la propria immagine presso l'umanità non occidentale, scalfita dalle sue azioni tra Asia e Africa per sfruttamento coloniale delle risorse e prestiti insostenibili, fornendole finalmente un abbozzo di missione imperiale.

Dal 2022, in seno alle Nazioni Unite s'è palesata la simpatia per la causa russa di molti paesi non europei, convinti della ragione anti-egemonica (tradotto, anti-statunitense) dell'aggressione moscovita, oppure mossi da indifferenza per una disputa valutata soltanto intraeuropea.

Oltre all'esecutivo cinese, hanno respinto o ignorato la risoluzione che condannava l'invasione dell'Ucraina, tra gli altri, i governi di India, Sudafrica, Pakistan, Vietnam, Iran, Etiopia, Repubblica Democratica del Congo, Algeria, Kazakistan. Voto perfettamente confermato un anno dopo.

Regimi che rappresentano oltre 4 miliardi di esseri umani, più della metà della popolazione globale. A questi si aggiunge la doppiezza del Brasile, schierato con Washington tra mille tormenti, con il presidente Lula assai critico di Kiev. E della Turchia, formalmente nel campo filoucraino, contraria a ogni sanzione contro Mosca.

Non esattamente la versione mangiata in Occidente che vuole Mosca sola con sé stessa. Elevazione della presunzione tipicamente inglese che, in caso di nebbia sulla Manica, dipinge un continente europeo isolato, anziché riconoscere la propria esclusione.

Lo chiamiamo *Sud Globale*, dizione risibile, giacché nell'ultimo controllo su carta, le antagoniste Cina o Corea del Nord si mantenevano nell'emisfero boreale mentre le occidentalissime Australia e Nuova Zelanda continuavano a sfiorare il Polo Sud.

Vanitosi, ne misconosciamo la consapevolezza incolpando l'oscurantismo dei regimi autoctoni, cantando l'impraticabile discrimine tra democrazie e autocrazie.

Pelosa evoluzione semantica del Terzo Mondo di novecentesca memoria, cui contribuì proprio Pechino. Nel 1952 il sociologo francese Alfred Sauvy riesumò la distinzione di censo risalente alla Rivoluzione, inserendo i paesi capitalisti nel Primo Mondo, quelli socialisti nel Secondo, i non allineati nel Terzo. All'ultimo insieme assegnò dizione volutamente arcaica della lingua d'oil, "Tiers Monde" anziché *Troisième* per richiamare le emozioni della Bastiglia.

Catalogo che misconosceva i popoli, proponendo le classi sociali – discorsi presi sul serio. Intervenne Mao Zedong: "Conviene finire tutti nel Terzo Mondo, lontani dalla superiorità di Stati Uniti e Unione Sovietica e dagli agi dei satelliti americani".

Irraggiata dal fido Deng Xiaoping, la beffarda obiezione (三个世界) fu assimilata rapidamente anche presso di noi. Terzo Mondo finì per indicare ogni territorio non occidentale, con sfumatura smaccatamente spregiativa, oscillante tra il disprezzo e la compassione.

Finché, sprofondati nel post-storicismo, al termine della Guerra fredda pretendemmo definizione meno cruda. Buona per ritrovare il sonno dei giusti, senza toccare la sostanza delle cose.

Sotto altro cielo fu recuperata un'espressione coniata nel 1969 dallo scrittore americano Carl Oglesby, sul mensile cattolico "Commonweal". "Per secoli il Nord del pianeta ha dominato il Sud Globale, fino a produrre un ordine sociale insostenibile,"[1] vergò senza provocare eccitazione tra i contemporanei. Fortuna incontrata nell'èra unipolare. Quando la formula "Sud Globale" parve convincente incrocio tra alterità ed esotismo perché agerarchica, affine alle categorie protette. Apprezzamento tuttora in voga, pure in barba alla geografia, sventolato da Pechino per porsi alla testa dell'altro mondo, come improbabile "potenza in via di sviluppo", incolpando Washington delle guerre e dei guai del mondo. Miracoli della propaganda. O conseguenza dei nostri fallimenti.

Sospensione ucraina e abbellimento narrativo migliorano la congiuntura, ma non consentono alla Cina di compiere uno

[1] C. Oglesby, *Vietnamism has failed. The revolution can only be mauled, not defeated*, "Commonweal", n. 90, 1969.

scatto verso la primazia. Specie in assenza di Taiwan, l'isola contesa.

Ufficialmente Taiwan neppure esiste. Ne riconoscono la sovranità appena undici Stati in costante diminuzione, con il Paraguay come il più rilevante tra questi, staccato per (im) potenza dagli incontornabili Haiti e Tuvalu – più il Vaticano, superpotenza globale ma eterea.

Gli Stati Uniti, che pure ne garantiscono la difesa, negano l'esistenza di Taiwan dal 1971. Perfino l'amministrazione isolana appare incerta sulla propria natura, dichiarandosi né indipendente né parte della Cina di terraferma. Eppure è qui che potrebbe deflagrare il terzo conflitto mondiale. Presso di noi, la rilevanza dell'isola è annunciata per ragioni economiche, ovvio.

Schiocca illogica sentenza: "Cinesi e americani si disputano Taiwan perché laggiù si produce almeno il 60% dei semiconduttori". Ossessione tecnologica di questa epoca, ennesimo escamotage per non approfondire, restando sulla soglia dell'improbabile.

Taiwan è stretta tra maoisti e americani dal 1954, anno della prima crisi dello Stretto, quando la Settima Flotta di stanza nella Baia di Subic sventò il tentativo pechinese di obliterare i nazionalisti fuggiaschi. Scontro poi ripetuto quattro anni più tardi, in mezzo il trattato di mutua difesa firmato da Washington e Taipei. Molto prima di ogni avvento nella produzione di semiconduttori, ai nostri giorni valutata come sensibile – in anglicismo maccheronico diremmo "strategica" – favorita da Washington soltanto nei primi anni Duemila. Ieri.

Peraltro, la storia documenta che i cinesi non abbracciano necessariamente la tecnologia. Nell'anno del Signore (cristiano) 1041, 4098 del calendario han, il tipografo cantonese Bi Sheng produsse il primo sistema di stampa a caratteri mobili (in terracotta), quattrocento anni prima dell'introduzione in

Europa dei medesimi segni (in metallo) su intuizione del renano Johannes Gutenberg.

Vantaggio tecnologico da svenimento. Ma le successive amministrazioni imperiali rinnegarono il progetto poiché antiestetico. Mancanti di un alfabeto, i tipografi sinici crearono 25 mila pezzi di stampa che standardizzavano gli ideogrammi, annullando inclinazioni del polso e imperfezioni autoriali. Colpevole umiliazione della calligrafia che nel 1726 sancì la definitiva distruzione della specifica meccanica – soltanto gli uiguri turcofoni mantennero la stampa nel Turkestan/Xinjiang, altra regione irredenta della Cina contemporanea.

Il progresso non valeva l'arte. Gli han avrebbero impiegato due secoli per accettare la romanizzazione della fonetica come esistente sulle odierne tastiere dei calcolatori.

Per afferrare il valore di Taiwan conviene penetrarne la storia popolare, esercizio quasi eversivo.

Taiwan è miniatura dell'asciuttezza cinese. Fino al XVII secolo le dinastie dell'Impero di Mezzo, autoctone o straniere, mai se ne curarono. Alle poche sortite verso le coste africane o malesi, preferirono la stanzialità costiera.

Mercanti e corsari avrebbero annullato la superiorità dei burocrati mandarini, collocati nell'*extra omnes* dell'imperatore, del quale proferivano lo splendore nelle sterminate province. E prodotto la rabbia dei contadini, carsicamente pronti ad abbattere ogni regime, per sfuggire a naturale carestia o per rivalsa verso le città litoranee in eccessivi rapporti con il mondo. Meglio tenersi a riva che sfidare l'ignoto.

Onomaturghi furono i portoghesi che nel 1542 trovarono incantevole (*formosa*) l'isola abitata da soli aborigeni austroasiatici. Etnografi gli olandesi che un secolo dopo trassero Taiwan dall'endonimo della tribù meridionale dei taivoani, con iniziale pronuncia germanica della "w"("v"), poi resa in "w" anglofona ("u").

Furono ancora i padroni olandesi, stipendiati dalla Compagnia delle Indie Orientali, a invitare i primi cinesi sull'isola, manodopera a basso prezzo e coloni spaesati.

Attirati verso Fort Zeelandia dalle dirimpettaie province del Fujian, del Guangdong e di Jiangxi abitate dalle minoranze hoklo, conversante nella lingua minnan, e hakka, locutrice nell'idioma gan, destinate a popolare l'intero territorio.

Soltanto alla fine del XVII secolo il Celeste impero finalmente conquistò Formosa, prima che nel secolo delle umiliazioni passasse all'arcinemico giapponese, nel frattempo diventato egemone.

Subordinazione rovesciata al termine della Seconda guerra mondiale, quando gli alleati assegnarono Taiwan ai nazionalisti del Kuomintang, costretti a sbarcarvi dopo aver perduto la Grande Cina presa dai ribelli comunisti (1949).

Cominciò il derazzamento che avrebbe prodotto la Taiwan attuale. Isolani per assenza di alternative, due milioni di han si riunirono in élite claustrofobica, escludendo dal potere indigeni e progenie degli altri cinesi, colpevolmente sporcati dal costume nipponico.

Sotto protezione di Washington, disposta a riconoscere come unica Cina quella presieduta dal generale Chiang Kai-shek, membro delle neonate Nazioni Unite, al posto della Repubblica Popolare.

I nuovi arrivati s'appellarono waishengren (外省人), alla lettera "originari delle altre province", ai danni dei benshengren (本省人), "cittadini di questa provincia", accusati d'aver perduto il rispetto per le tombe degli antenati lasciate oltremare.

Affondo per gli abitanti più antichi, sdegnosamente affidati a divinità minori, nauseati dalla corruzione degli han più puri, sulla terraferma unica dialettica tra caste altrimenti impenetrabili ma obliterata sull'isola dalla precedente disciplina dei giapponesi.

Dichiarato in esilio, il nuovo governo taiwanese si raccontò come Cina legittima. Stabilì di sinizzare gli autoctoni di primo e secondo pelo, eccessivamente inclinanti verso i giapponesi appena fuggiti, colpevoli d'aver creduto agli occupanti che li descrivevano diversi dalla nazione continentale.

La pedagogia si tinse di irredentismo e antiesotismo.

"Rispetto all'Impero di Mezzo (*zhongguo*), noi siamo più piccoli di un fagiolino di soia,"[2] si leggeva nell'annuario del 1962.

La capitale restava Nanchino, con Taipei omologata sede dell'amministrazione *ad interim*. Nei testi scolastici il Kuomintang era illuminato esclusivo depositario della dottrina confuciana (*daotong*), per ascendenza diretta da Mencio del primo presidente nazionalista, Sun Yat-sen.

A scapito dei "banditi comunisti", convertiti all'occidentalismo distillato nella più romana delle città tedesche da Karl Marx, filosofo ateo di origine ebraico-cristiana.

Nessuna traccia nei fogli dei chierici cristiani, dunque altrettanto occidentalisti, che sull'isola s'erano trasferiti al seguito del Kuomintang per sfuggire alle persecuzioni dei comunisti.

Scomparvero anche i segni della presenza nipponica. L'epoca coloniale era rappresentata come unica causa dell'arretratezza del luogo, distinta dalla superiorità riconosciuta ai nazionalisti.

Liberata dalle miserie del quotidiano, la cittadinanza doveva valutare come temporaneo lo stanziamento a Formosa (*jiju*, "dimora provvisoria"). Chiang Kai-shek e i suoi avrebbero presto attraversato lo Stretto sulla spuma di battelli trionfanti.

La vita isolana, da non credere vera per ordine statale, andava consacrata alla nostalgia per la terra perduta, il più

[2] Cfr. B. Chang, *Place, Identity and National Imagination in Postwar Taiwan*, Routledge, New York-London 2015.

nobile dei sentimenti (*xiangchou wenxue*). Salmoni esiliati, i waishengren erano destinati a riprendersi il maltolto. Questione di tempo.

Fino al desolante voltafaccia americano del 1971. Riportati alla realtà dalla guerra di due anni prima tra sovietici e maoisti, gli apparati washingtoniani stabilirono di aprire a Pechino per sottrarla al Cremlino e dividere il campo nemico.

Con la stretta di mano tra Richard Nixon e Mao Zedong, Taiwan passò da Cina favorita a reietta, espulsa dallo ialino palazzo di New York per accogliere i traditori comunisti.

Il comunicato di Shanghai, siglato dall'amministrazione nixoniana, sanciva unica Cina quella asciutta.

Da improbabile, Taiwan diventava invisibile. Anche per accoglienza della politica di "una sola Cina" da parte degli altri governi occidentali.

Nei corridoi emissari americani tranquillizzavano i colleghi del Kuomintang, confermando la duplicità della loro visione. "Le Cine resteranno due, non smetteremo di difendere militarmente Taiwan, parola d'onore." Puntellando tanta promessa con una strumentale filologia.

Giacché nella versione in inglese del comunicato, gli Stati Uniti riconoscevano (*acknowledge*), ma non accettavano una sola Cina, a fronte di una traduzione in mandarino che segnalava simultaneamente riconoscimento e accettazione, (*cheng ren,* 承认).

Epperò il velleitario sogno di cacciare Mao e sodali svaniva per sempre. Aperta la cappa dell'esilio, i waishengren cominciarono a guardarsi intorno, scoprendo l'isola che abitavano da vent'anni. Giunti alla seconda e terza generazione, si definirono "diversamente cinesi".

Fu ripensata la narrazione locale (mai nazionale). I taiwanesi, demotico inutilizzato fino allora, si riconobbero gente ibrida, fusione tra aborigeni, minoranze siniche e tono han.

Il Kuomintang forgiò nuova ideologia che ricusava le pretese sulla madrepatria.

Tra i cittadini si diffuse il nativismo, come segnalato dalla doppia professione di identità, cinese e taiwanese, consegnata ai sondaggi nel corso degli anni.

Fu riabilitata l'esperienza coloniale nipponica, dispensatrice di pessimi ricordi nelle altre collettività asiatiche, insospettabilmente riscritta a Taiwan come prodotto dell'estemporanea alterità degli abitanti.

"Il Giappone è il migliore dei paesi,"[3] assicura tuttora il 60% della popolazione. Con poca pietà per le decine di statue di Chiang Kai-shek eradicate dai piedistalli e da almeno un lustro ammassate nel parco di Cihu a Taoyuan.

Oggi lo sguardo taiwanese sulla Repubblica Popolare oscilla tra l'esigenza di coltivare buone relazioni e la conservazione della propria singolarità.

In programma: conferma dello status quo a tempo indeterminato. Né indipendenza, né annessione a Pechino. Sotto l'ombrello militare statunitense.

Su Taiwan cinesi e americani perseguono obiettivi speculari.

Pechino anela il controllo dell'isola anzitutto per puntare il mare aperto. Portaerei naturale a 160 chilometri dalla costa, come da inflazionata metafora militaresca, in mano nemica impedisce ai cinesi popolari di uscire di casa, di puntare l'orizzonte ultraorientale che conduce alle Americhe.

Peggio. Alcuni isolotti pertinenti Taipei insistono a uno sparo di cannone dal bagnasciuga comunista. In psicologia applicata, principio di soffocamento. Nel mestiere della tattica, avanguardia del contenimento.

[3] Cfr. *60% of Taiwanese pick Japan as favorite foreign country*, "The Japan Times", 18 marzo 2022.

Non solo militare. La continuità di Taiwan umilia la pretesa per la Repubblica Popolare di incarnare il futuro. Difficile proporsi come egemone di domani senza neppure recuperare quanto cantato come proprio.

Pechino manca di un trofeo apparentemente di facile reperibilità, posto tra sé e l'immenso, popolato da appena 23 milioni di umani contro il miliardo e 400 milioni dei fratelli (cugini?) continentali. Tanta incongruenza scolora la magniloquenza in scoperta propaganda.

Oggi al mondo si contano almeno due Cine, ieri tre finché Hong Kong (r)esisteva.

Formosa dovrebbe scomparire per assegnare ideologico primato alla Repubblica Popolare. Pure velleitari, gli strali di Chiang Kai-shek e sodali sul cripto-occidentalismo della Cina comunista colpirono al cuore la dirigenza pechinese, oltremodo sensibile a ogni accusa di esterofilia. Nell'epoca alta dei rapporti sino-sovietici i mandarini risposero all'accusa disseminando il paese di effigi raffiguranti un glabro Stalin, privo del mitologico baffone, quasi asiatico.

Taiwan resta tra l'attuale e la strapotenza. Da convertire in vantaggio. Entro il 1949, primo centenario della rivoluzione comunista, l'isola dovrà tornare a Pechino. Come da editto centrale.

"La riunificazione della madrepatria è storicamente inevitabile,"[4] ha inciso Xi Jinping. Come? Con il negoziato o le cattive, nella consueta appendice di tale pronunciamento.

Sarebbe perfetto costringere Taipei ad arrendersi per chiara superiorità altrui, per isolamento diplomatico, per interesse economico. Annessione morbida, da raccontare come volontario abbandono, ritorno dei taiwanesi nella casa comune,

[4] Citato in D. Lawler, *Xi vows China and Taiwan will "surely be reunified" in New Year's speech*, "Axios", 1 gennaio 2024.

"foglie che volgono alle radici" nella lirica dell'esilio (*luoye gui gen*). "Entrate e toglietevi le scarpe."

A patto che la popolazione taiwanese, in netto invecchiamento, accetti la propria sorte senza scalciare. Manovra a prima vista lineare, complicata dall'ormai sbandierata differenza culturale degli isolani. Nonostante l'età avanzata, il 72% di questi si dice pronto a combattere per respingere l'invasione della (non dichiarata) patria.[5]

Anche per aver assistito all'assimilazione forzata imposta a Hong Kong, in spregio di ogni slogan da "un paese, due sistemi", che giurava di conservare la cifra dei cinesi ex britannici per almeno cinquant'anni. Impossibile fidarsi delle promesse. Sicché nel 2023 il servizio militare obbligatorio, già di otto mesi, è stato esteso a dodici.

A Pechino resta la soluzione violenta. Con sbarco anfibio da realizzare nottetempo, come da manuale. La più complessa delle operazioni militari, centrata una sola volta dalle dinastie cinesi in oltre cinquemila anni di storia. Proprio a Taiwan. Tre secoli dopo il fallito tentativo di prendere l'arcipelago nipponico, su iniziativa dei mongoli Yuan che neppure consentirono ai marinai han di timonare le imbarcazioni affidate a comandanti uzbeki e tagiki (turchi e iranici). Disfatta marchiata a fuoco nella memoria.

Nel 1661 i lealisti Ming, guidati dal generale Zheng Chenggong, meglio noto come Koxinga "colui che porta il nome imperiale", sbarcarono a Formosa per resistere ai manciù Qing che ne avevano annullato il potere di terraferma.

Sconfitti gli europei nel porto di Lakjemuyse, i ribelli Ming trasformarono l'isola in una piattaforma eversiva mirante la madrepatria, condizione identica all'attuale. Prima d'essere

[5] Cfr. *Poll says 72.5% of Taiwanese willing to fight against forced unification by China*, "The Taipei Times", 30 dicembre 2021.

annientati dai Qing apparsi sulle onde nel 1683. L'azione che oggi dovrebbero compiere i comunisti per prendere finalmente il mare rivierasco.

Con discrimine notevole rispetto all'alba dell'epoca manciù. Stavolta tra sé e la conquista si pone la Marina americana, la più potente della storia.

Washington non può permettersi di mollare Taiwan. Di nuovo, non per i plurievocati chip. La sua preziosità risale alla guerra di Corea. Ancora il 5 gennaio 1950 il presidente Harry Truman avvertiva che Washington non sarebbe intervenuta in caso di offensiva maoista a Formosa, allora giudicata probabile. Memori della lezione giapponese del secolo precedente, "russi e cinesi si dividono da Keijō (Seul)", i burocrati d'Oltreoceano avevano deciso di puntare sulla penisola coreana.

Taiwan sarebbe stata sacrificata alle evoluzioni della tattica.

La spettacolare avanzata dei (futuri) nordcoreani, giunti a Seul già il 25 giugno, provocò un rapido cambio di approccio. Con la Corea sotto attacco, fu elaborato un piano alternativo.

Due giorni più tardi la flotta statunitense si schierò nello Stretto taiwanese, impedendo l'avvento dei cinesi *rossi*. Mentre in territorio coreano gli onusiani, travestimento della coalizione assemblata dal Pentagono, rimontavano al fiume Yalu, sulla soglia han, poi arrestandosi al 38° parallelo. Nei fatti, meno nel protocollo, il valore americano di Taiwan non sarebbe più sceso.

Terrazza da cui guardare in casa d'altri, l'isola è diventata perno del contenimento marittimo contro Pechino, al momento incardinato sul quadrilatero securitario, Quad per abbreviazione, cui partecipano anche Giappone, India e Australia in ordine di rilevanza.

Dalle sue rive gli americani si mantengono all'assalto. Confutazione di ogni *de profundis* intonato sul loro conto. Difficile condannare al declino un soggetto che agisce tra i mari cinesi orientale e meridionale, anziché difendersi nell'Atlantico newyorkese o nel Pacifico losangelino. Ma, come visto, percezione batte realtà.

Il mantenimento in vita di Taipei innaffia la propaganda che vuole gli statunitensi impegnati senza indugio a difendere democrazia e diritti lungo l'ellissoide terraqueo.

Certo, la selezione resta insindacabile, per cui Filippine o Vietnam, l'opposto di Stati democratici, figurano tra gli alleati, leggi *clientes*, di Washington. Ma la partita globale non è questione per moralisti intransigenti o per facoltà di relazioni internazionali.

Le ricorrenti "operazioni di libertà di navigazione", condotte negli specchi rivieraschi dalla Marina washingtoniana, dovrebbero scoraggiare eventuali incursioni mandarine e comunicare al resto del pianeta che le rotte navali restano sgombre. Si imponesse Pechino sui propri mari, la balcanizzazione della pax americana diventerebbe plastica. Non si può rischiare.

Negli ultimi anni i condomini della Casa Bianca hanno approfondito le promesse in favore di Taiwan, pur senza ripudiare la politica di "una sola Cina".

L'ambiguità è stratagemma buono per ogni stagione. Nel 2022 l'allora speaker della Camera dei rappresentanti, Nancy Pelosi, atterrò a Taipei con l'ontosa nonchalance di chi rammenta ai furenti interlocutori di ricoprire un ruolo minore, provocando la militare reazione di Pechino che nei giorni seguenti circondò l'isola.[6] Patente dimostrazione dell'incapacità/riluttanza a usare davvero la forza. Per ora.

Joe Biden s'è spinto a promettere di difendere militarmente la piccola Cina, prima che l'entourage attribuisse lo zolfo alla senescenza del dicitore.

[6] Cfr. *Taiwan, l'isola che non c'è*, "Domino", gennaio 2024.

A scanso di equivoci, altri funzionari americani avvertono che in caso di guerra "sarebbero costretti" a bombardare gli stabilimenti di Tsmc, azienda centrale per la produzione dei semiconduttori, "affinché non cadano nelle mani dei comunisti".[7]

Messaggio inviato: non ci asterremo dalle ostilità in nome della tecnologia.

Il punto sarà trovarsi pronti nell'ora fatale. I parametri che potrebbero collocare la guerra nel tempo incrociano ancora la demografia cinese.

La Repubblica Popolare deve fare in fretta. La sua popolazione figura in netto imbiancamento, pronta a toccare i 53 anni di età media entro il 2060. Quando potrebbe risultare troppo fragile per sopportare la guerra, bestia che non attanaglia soltanto chi spara e muore al fronte, ma che pesa anche sui milioni e milioni rimasti a casa, chiamati a sostenere l'affanno psicologico della vicenda. Esclusivo sforzo per giovani, intriso di incauto erotismo.

In vista dello scadimento geriatrico, la deflagrazione è raccontata come imminente. I mandarini potrebbero fissare l'inizio delle ostilità entro dieci anni, ben prima del fatidico 2049. Oppure rinunciare ai sogni (forse) di gloria. Concorda il Pentagono. Nel 2023 il generale Mike Minihan, capo del Comando per la mobilità aeronautica, collocò la guerra nel 2025. Parzialmente corretto dal direttore della Cia, William Burns, per cui l'evento andrebbe differito di almeno due anni.[8] Ogni previsione di questo tipo è dolosa, fasulla, ma segnala un clima.

Nella preparazione si inserisce il minuzioso studio dei 120

[7] Cfr. S. Clemons, *The U.S. would destroy Taiwan's chip plants if China invades, says former Trump official*, "Semafor", 13 marzo 2023.

[8] M. Martina, D. Brunnstrom, *CIA chief warns against underestimating Xi's ambitions toward Taiwan*, "Reuters", 3 febbraio 2023.

milioni di adolescenti americani che utilizzano quotidianamente TikTok, rete sociale d'appartenenza pechinese, generazione che nel medesimo decennio potrebbe trovarsi in acque taiwanesi, stretta tra l'embrionale post-storicismo e la storia che studieranno i nipoti. Potenziale accensione dello scontro che deciderà il nostro tempo. Senza avvertire gli occidentali, compresi gli italiani, che certamente saranno tirati nell'agone.

Per non disperdere ulteriore attenzione, Washington vorrebbe congelare il conflitto in Ucraina, anche in assenza di un risultato definitivo.

III.

I russi restano russi

Al cospetto della Russia usiamo piglio incrociante lo spassoso e l'escatologico. "Perché i russi non si ribellano?" ci interroghiamo. Premessa implicita: i russi sono costretti nella condizione che vivono. Anziché obiettare un solido "dovrebbero ribellarsi a sé stessi?", al pregiudizio iniziale associamo patetica solidarietà per chi non ha alcuna voglia di rinunciare a sé.

Più semplice e sensato sarebbe accettare questa realtà: le ambizioni dei russi non coincidono con le nostre.

Più accurato. I russi fanno ciò che vogliono, come ogni soggetto non sottoposto a egemonia straniera. Capovolgimento della vulgata che vuole i popoli indisponibili al nostro sentire come inibiti dal tiranno.

Abbagliati dal solipsismo, pretendiamo di valutare i russi tramite categorie che funzionano soltanto qui. Ne studiamo condizioni economiche, vocazione elettorale, dimestichezza con i diritti politici. Tutto ciò di cui non vivono.

I russi sono per loro arbitrio, non per quello di un demiurgo, più o meno impresentabile.

Il punto è fotografarli senza infingimenti, giacché la loro temperie sposta le vicende del pianeta. Anche le nostre, seppure narcotizzate da inarrivabile leggerezza.

Urge superare la risibile definizione di Winston Churchill,

“la Russia è un rebus avvolto in un mistero che sta dentro a un enigma”.

Aforisma ultracitato con attitudine sportiva, senza percepire l’incapacità di penetrare il sentimento altrui che tradisce.

Tolta la lente blu che crea la *nuit américaine*, incontriamo un popolo imperiale, bellicoso, paranoico. Collocato tra Europa e Oriente, precedente ogni leader. Convinto proprietario dell’Ucraina, in guerra contro “l’Occidente predatorio e collettivo”, spaventato dalla vicinanza della Cina, preoccupato dal peggioramento della sua demografia, per nulla turbato dalle vittime tra la popolazione civile o dalla morte di Aleksej Naval’nyj. Ossessionato dalla storia e dalle pagine che la racconteranno. Dedito all’ultimo sacrificio, inagibile contro la sua volontà.

Dovremmo mandare a memoria: nessun individuo produce una moltitudine. Vero il contrario. È la Russia a figliare i suoi capi, non questi a generarla.

Né fanno la storia le élites delle metropoli, magnificate dai media euroamericani quando irrequiete, ma ignorate dalla maggioranza della popolazione locale.

Tantomeno servono le elezioni per comprendere i fatti. Più che a sfidare la dittatura, in Russia il voto serve a spartirsi fette di potere. Ma attenzione: l’impostura del voto non certifica immobilità. Niente di umano è per sempre. Dove vige la collettività e non arriva il suono dei nostri pareri, il cambio di regime avviene lo stesso. In forma cruenta.

Anziché tramite schede inserite nelle urne, in molti luoghi, capi, oligarchie, vicari della divinità, assemblee di saggi e santi finiscono assediati nelle stanze, lanciati dalle finestre, sparati in fronte, consegnati alle necropoli. Dal Caucaso alle Piramidi, dalla Mesopotamia al Hindu Kush. Così in Russia.

Oltre ogni censura o propaganda. Altro bemolle artificiale originato nelle nostre distillerie. Anche se il fatto ci offende, gli esseri umani riconoscono facilmente la coltre che omette o emenda le informazioni. In ogni contesto. O l'intuito risiede soltanto nelle nostre città? Semplicemente in alcune circostanze i popoli scelgono di credere alla narrazione ufficiale. Per sentimento, tradizione, interesse. Ben conoscendo l'inganno.

Le false notizie (*fake news,* per colpevole abulia dei traduttori) diventano vere quando vuole l'opinione pubblica, non per disegno di chi le diffonde. Inversione dell'elitismo che dichiara informe (e oscena) la massa, incapace di intendere e volere, da assegnare al curatore d'anime (belle).

Largamente analfabeta, sottoposta a peggiore censura di quella odierna, la Russia ottocentesca produsse la letteratura più sofisticata di ogni tempo. I conti non tornano. Lo stereotipo ci imbroglia. Perché razzista.

Anziché cucire sugli altri abiti tratteggiati per noi, imprecando per la mancata corrispondenza tra taglie, conviene indagare il recondito che nella Federazione russa balena il rovesciamento dello status quo.

Alle prese con un popolo profondamente storico, rimontiamo al passato per capire quando i russi rinnegano il proprio regime.

Non per le condizioni materiali, secondarie là dove si vive di gloria.

"Perché le sanzioni economiche non incidono sulla determinazione dei russi?" La risposta soffia nel vento.

Non per assenza delle conquiste politiche di genesi franco-statunitense, giudicate coloniali da una popolazione che valuta negativo il termine libertà, *svoboda*, sgorgante dal protoetimo *swé*, il medesimo dell'egoistico *self* anglofono, inaccettabile attitudine di anteporre il sé alla comunità.

Non per l'impossibilità di esprimere dissenso, amputazione ritenuta legittima in molti contesti, più attenti alla solidità del fronte interno che al mancato pluralismo.

Due sole ragioni ne accendono l'eversione. Quando la patria subisce umiliazioni all'estero. E quando *Cesare* si mostra incantato dalla cultura altrui. Punto.

Due casi per ciascuna ragione. 1905, la flotta del Baltico fu annientata dai giapponesi davanti all'isola di Tsushima, la più umiliante delle sconfitte. Seguì la nascita dei soviet e l'ammutinamento della *Potëmkin*. Onda lunga confluita nella Rivoluzione d'Ottobre, dentro la disfatta della Grande Guerra.

1989, conclusione in ritirata della campagna d'Afghanistan, durata un decennio per l'apprezzamento degli americani. Nella testa dei russi la sensazione di non poter competere con il nemico. Insopportabile elemento di inferiorità.

Ne venne la necessità di rinunciare alle più distanti province dell'impero, depotenziando il gruppo dirigente. Due anni dopo, la popolazione occupò le strade di Mosca contro la fazione che proponeva di conservare l'Unione Sovietica nella sua interezza.

Sei vittime e decine di feriti. Tra questi, il ministro degli Interni, Boris Pugo, lettone filorusso, e il consigliere per gli Affari Militari, Sergej Achromeev, che preferirono il suicidio alla condanna a morte per tradimento. Opposto della pacifica implosione dell'Unione Sovietica corrisposta ai posteri.

Altrettanti sconvolgimenti per colpevole esterofilia dei capi. 1773-1775, rivolta dei cosacchi russificati e dei vecchi credenti, nota nei sussidiari leaderisti come "ribellione di Emel'jan Pugačëv". L'individualismo romanzesco è filone imperituro. Migliaia di militari e contadini, richiamanti la *naród* (нарóдъ), il popolo, si scagliarono contro la prussiana zarina Caterina, occidentale e occidentalista, nata nella Stettino luterana.

Affascinata dall'Illuminismo all'ora del tè, era nota per intrattenere intensi carteggi in lingua d'oïl con Voltaire e Diderot, al quale pagò per tutta la vita un prestigioso appartamento in rue de Richelieu, puntinato di paralumi e damasco.

Nei suoi scritti, il capo degli insorti era "le marquis de Pougatchev", per beffarda umiliazione dell'analfabeta origine del Don di costui. Eccesso di superiorità. Nella fase alta, gli insorti conquistarono lo sterminato territorio tra il Volga e gli Urali.

Soltanto la guerra contro gli ottomani rinviò l'incontro tra la zarina e il creatore, per amor patrio della popolazione – al solito. Ma il messaggio era stato recepito.

1991, *damnatio memoriae* ai danni di Michail Gorbačëv. Raro trovare un ex leader più inviso ai russi del premio Nobel per la Pace.

Allucinato dal declino dell'Unione Sovietica, pensò di rilanciare lo Stato con riforme economiche, con tanto di espressioni (glasnost', perestroika) adottate dalla propaganda d'Oltreoceano. Tra il sospetto dei russi, scettici come ogni impero verso i compatrioti acclamati all'estero.

Testimoni raccontano la rabbia che allagava le strade, quando la tv sovietica irradiò scritte sui muri tedeschi imbrattati di gratitudine. "Danke Gorbi!"

Nell'agosto del 1991, la piazza gli salvò la pelle perché sognava di rifugiarsi in un impero ridotto. Ma nelle settimane successive gli sputò in faccia il disprezzo. Non solo l'amaro destino di chi è chiamato a protocollare il declino. L'ultimo sovietico era reo d'aver guardato oltre la propria civiltà.

"Abbiamo commesso molti errori e molte cose potevamo fare meglio, ma lasciamo un paese più libero, con libere elezioni, libertà di stampa, dotato di un sistema multipartitico, rispettoso dei diritti umani," s'assolse Gorbačëv nel discorso del 25 dicembre, pochi istanti prima dell'ammainabandiera. Immediato il disgusto dei telespettatori. Negli anni molti capi sovietici avevano adoperato tali categorie con dolo, per ingannare gli americani. Nessuno mai le aveva pronunciate sul serio. Incredibile.

Nella terra di Tolstoj l'opposizione reclama il potere con

la forza, non tramite manifestazioni di piazza o, ancora meno, presentando liste elettorali.

Laggiù partecipare alle Presidenziali significa ambire un posto al fianco del dittatore, Vladimir Putin, nell'epoca che ci tocca di vivere, non volerlo scalzare.

Vero nemico dello Stato è Lev Trockij, non Aleksandr Solženicyn. Evgenij Prigožin, non Aleksej Naval'nyj. In campo massimalista il nuovo è veicolato con violenza. Non solo quella delle armi. L'avvento della prossima èra sta nella folla che circonda il palazzo.

Naval'nyj mai ha convinto la popolazione, perché post-storico e abbracciato dall'Occidente – peccato non redimibile. Inizialmente s'era proposto come novello Aleksandr Nevskij, agendo sul terreno di Putin, negando l'esistenza dell'Ucraina, brandendo il panslavismo, canonizzando l'impero. "Datemi dello sciovinista, questo è quello che penso."[1] Poi era rinculato su posizioni aliene.

Patrocinava una Russia meno corrotta, più liberale e benestante.

Ricetta da Baden-Württemberg o da élite pietroburghese, non da oblast' di Tula.

Ragione del suo oblio, inversamente proporzionale alla popolarità in Occidente, accelerato dall'incarcerazione imposta dal Cremlino. Impossibile impressionare i russi con l'omicidio di un dissidente, volontario o preterintenzionale, dopo aver assistito alla scorticazione di Pugačëv o allo sterminio dei Romanov a Casa Ipat'ev. Appena il 5% comunica di interessarsi alla vicenda.[2]

Milioni di russi disprezzano Vladimir Putin. Ne conosco-

[1] Citato in D.M. Herszenhorn, *For Putin foe Alexey Navalny, Ukraine has long been a volatile issue*, "The Washington Post", 27 ottobre 2023.

[2] Cfr. Sondaggio di *Fom*, prima settimana di marzo 2024.

no da tempo la doppiezza morale, le numerose famiglie, il lusso nel dopolavoro, la fortuna occultata. Ma testimoniano massiccio consenso in suo favore. Per genuina convinzione.

Pure strumentalmente, Putin traduce in gesti e parole il genio del luogo.

È antioccidentale, militarista, razzista, difensore dell'unicità russa. In un lemma, è imperiale. Qualità reputate financo più lodevoli per chi è cresciuto a Leningrado, la più europea delle città russe. Putin finirebbe al cimitero di Novodevičij in due sole circostanze. Se presiedesse una Russia sconfitta in guerra, evenienza non ancora capitata – ragione del fallito golpe di Prigožin.[3] Oppure se la patria fosse sottomessa a potenza straniera. In tale scenario si verificherebbe l'insopportabile umiliazione dell'universalismo russo, opposto dell'uguale aspirazione d'Occidente. I russi non pretendono di parlare a nome dell'umanità come capita(va) ai romani, ai francesi o agli americani.

Si raccontano al servizio dell'ecumene, da salvare dal baratro, offrendosi esempio.

Nella sentenza di Fëdor Dostoevskij, "il popolo russo è l'unico che comprende l'intera umanità". Poi integrata da Pëtr Čaadaev, certo che la Russia fosse "al mondo per impartire una grande lezione agli altri umani".[4]

Da secoli tra il Volga e il Don l'universalismo trasmuta in messianismo.

Ne è simbolo la battaglia di Kulikovo (1380), fissa nella muscolare memoria dell'impero. Vittoria strappata nei pressi di Tula ai tataro-mongoli, ingrossati da polacchi e lituani. "Oh mia Rus! Mia moglie, fino a diventare dolorosa! Il nostro lungo percorso è terso. La nostra parabola – come la freccia di

[3] Cfr. *La Russia non deve morire*, "Domino", n. 7, 2023.
[4] Cfr. P. Caadaev, *Lettere Filosofiche*, 1826-1831.

un antico tataro – ci è penetrata nel petto,"[5] canta Aleksandr Aleksandrovič Blok.

Nella pedagogia moscovita, non solo trionfo che valse la liberazione del territorio. Svolta che salvò il mondo dalla barbarie, il cristianesimo dall'estinzione.

Con ingenti perdite. Tema ritornante.

"Voi siete milioni. Noi nugoli, e nugoli e nugoli. Provatevi a combattere con noi! Sì, gli Sciti noi siamo! [...] Noi, come servi obbedienti, facemmo da scudo fra due razze ostili, i Mongoli e l'Europa!"[6] centellina ancora Blok ne *Gli Sciti,* con richiamo agli antichi iranici che abitavano le steppe, ceppo tra i ceppi della miscela che si fece russa. Informata da conservatorismo e vittimismo, l'unicità è della popolazione, superiore a quella di zar e dittatori.

Caduta Costantinopoli, nel 1469 il gran principe Ivan III s'affrettò a reclamare per Mosca il titolo di Terza Roma. Suo scopo era vantare superiorità sui principati omofoni e unificare la pianura. Al volo accettò la proposta di Paolo II di sposare Zoe Paleologa, discendente dell'ultimo imperatore bizantino, Costantino XI, riparata a Roma per scampare agli ottomani. E quando Gian Battista della Volpe, faccendiere veneto alla corte slava, disvelò il ritratto della nobildonna, probabilmente eseguito da Pietro Perugino, Ivan affidò ai posteri un languido "oh".

Il matrimonio si celebrò per procura in Vaticano, in carne presso la moscovita Cattedrale della Dormizione. "Due Rome son cadute, Mosca è la terza, una quarta non vi sarà," salmodiò tra gli incensi il monaco Filofej di Pskov.

Fin qui la storia leaderistica per come incontrata sui nostri (dimenticati) libri di testo. Sul campo, i regnanti non cre-

[5] Cfr. A. Blok, *Sul campo di Kulikovo*, 1908.
[6] Cfr. A. Blok, *Gli Sciti,* 1918.

devano il popolo avrebbe abbracciato l'afflato imperiale con superiore convincimento.

Acquiescente lo zar Alessio, nel 1666 il patriarca Nikon riformò la liturgia per aderire al rito bizantino ed estendere influenza sulle Chiese balcaniche e bulgare. *Isus* (Іcусъ), "Cristo", andava pronunciato "Iisus", con due "i" (Иисусъ). Il segno della croce da chiudere con tre dita anziché due.

Montò l'opposizione della gente. Sicuri di portare il verbo di Dio, i contrari s'appellarono vecchi credenti (*staroobrjadcy*) per confermare la tradizione. La nuova Roma non ammetteva esotismi.

Fu scisma intestino. Nel capolavoro di Vasilij Surikov, la boiarda Feodosija Morozova mostra le due dita ai gendarmi che la trascinano via.

Inizialmente perseguitati, molti si diedero alla macchia. E da lì divennero avanguardia nella colonizzazione dell'Estremo Oriente.

Prima in Siberia, poi in Alaska – ancora oggi la città di Homer, nel più settentrionale degli Stati americani, vanta una irriducibile comunità di vecchi credenti.

Dallo strappo alla suprema avanzata dell'impero. Da reietti a coloni. Riabilitati. Parabola tutta russa.

Nel XVIII secolo, Pietro il Grande pensò di trasformare la madrepatria in una potenza marittima, tecnologicamente avanzata. Nel 1703 inaugurò sul Mar Baltico una nuova capitale, battezzandola inizialmente Sint-Pietersburgh (Сантпитербурх), con dizione nederlandofona. Tradimento della Terza Roma, incardinata su Mosca.

Offesa, la maggioranza della popolazione non si lanciò sulle onde, non solo per terrore della natura. Il progetto di Pietro risultava fraudolento, colpevolmente europeo, da respingere senza esitazioni.

Altre rivolte avrebbero mosso dall'urgenza di ripristinare

la Russia originaria, immune al brodo occidentalista o, peggio, orientalista.

Ancora *naród*, il popolo, e *obščina*, la comune delle terre coltivate, come Arcadia (pan)slava, da opporre al regnante di turno, ignobile usurpatore oppure rammollito dall'intelligenza con gli stranieri. O entrambi i reati.

Ivan Pavlovič Šatov, studente ne *I demoni* di Dostoevskij, trasmette il sentimento degli ultimi. Tutto ciò che conta.

Dopo aver descritto i russi come *naród-bogonosets*, "popolo teoforo", è incalzato da Nikolaj Stavrogin, nobile smidollato e relativista. "Ma tu credi in Dio o no?" "Io credo nella Russia, nella sua ortodossia [...] Sono convinto che la prossima volta il messia apparirà nel nostro paese,"[7] si lancia fiero.

Altra distanza tra popolo e nobiltà, con il basso come sorgente della storia. Nel nucleo del messianismo locale vi è l'apoteosi della terra russa, *zemlja* (земля) in lingua, frutto dello stesso protoetimo dei nostri "humus" e "umano".

Laggiù la nazione è irradiamento dell'universalismo. Resistente a ogni incantamento ideologico.

Pure di origine straniera, il comunismo calzò alla popolazione perché annullava le differenze religiose in nome dell'impero, virando la Russia nel mondo.[8]

Vladimir Il'ič Ul'janov, detto Lenin, fulminò i suoi. "Il bolscevismo è il potere sovietico più l'elettrificazione della nazione." Fuori perifrasi: sopra il comunismo vi è Madre Russia. Nessuno proferì parola. Tranne Lev Trockij.

Forse per profondità ebraica, era persuaso l'universalismo trascendesse la Russia. Socialismo in un solo paese contro rivoluzione permanente, secondo la ridanciana sovrastruttura della politologia – sempre aliena alle cose del mondo. Frain-

[7] Cfr. F. Dostoevskij, *I demoni* (1873), Einaudi, Torino, edizione del 2014.
[8] Cfr. D. Fabbri, *Geopolitica umana*, Gribaudo, Milano 2023.

tendimento che non poteva darsi. Lo espunse il georgiano russificato Iosif Vissarionovič Džugašvili, Stalin per attestato di sedicente virilità, che avviò Trockij alla morte. Chino sulla scrivania nell'esilio messicano di Coyoacán, alle spalle una carta della Mesoamerica, il 24 maggio 1940 l'eretico fu preso alla testa dal piccone del catalano Ramón Mercader del Río, agente di Mosca e cognato di Vittorio De Sica.

Dietro la tenda dell'universalismo, respirava forte la Russia. "Non ci illudiamo, i russi combattono per la patria, non per il comunismo," confessò Stalin all'ambasciatore americano William Averell Harriman, sperso tra le ideologie.

Nel 1944 il nuovo inno sovietico, rimpiazzo dell'*Internazionale*, celebrava "la Grande Russia che saldò per sempre l'unione delle Repubbliche libere". In Occidente avremmo continuato a credere marxista l'Unione Sovietica almeno per l'intero Novecento. Confortevolezze da misconoscenza dell'immensità russa.

La vittoria sulla Germania (e sul Giappone) nella Grande Guerra Patriottica riaccese il messianismo. Anche stavolta i figli dell'Orso s'erano sacrificati per il bene dell'ecumene, benché dimentichi degli altri sudditi dell'impero, specie ucraini, caduti al loro fianco.

"I russi sono l'unico popolo più messianico degli ebrei,"[9] aggiunse Nikolaj Berdjaev. Piglio trasferito in tecnologia. Sei anni prima dell'Arpanet, il progetto del Pentagono che avrebbe procurato lo internet, nel 1963 i sovietici concepirono Ogas, rete di comunicazione interna al paese. Con ambizione maggiore. Non solo scambio di dati tra scienziati come nella versione americana. Trasferimento online dell'intera burocrazia statale, sfruttando il preesistente impianto telefonico e telegrafico.

[9] Cfr. N. Berdjaev, *The Russian Idea*, Bles, New York 1947, p. 8.

Con il sogno di eliminare le monete cartacee, sostituite da valuta elettronica, almeno cinquant'anni prima dei bitcoin. "L'idea è ampliare la sfera dell'attività umana,"[10] disvelò ai superiori Aleksándr Kharkevich, tra gli inventori della rete, con solito servigio da prestare al tutto.

Megalomania primordiale, inibita dalla mancanza di fondi e dalla competizione tra ministeri. Ogas non vide mai la luce, ma terrorizzò comunque gli americani che un decennio più tardi ne scoprirono il disegno. "I sovietici rischiano di possedere un vantaggio quasi irreparabile,"[11] comunicò Arthur Schlesinger a John Kennedy.

Più che battere il nemico nel metaverso, al crepuscolo del Novecento i russi mollarono la briglia che tratteneva l'insieme. Estenuati dal mantenimento dell'impero, assaliti da statunitensi e cinesi in Afghanistan, sganciarono le province per non sprofondare. L'Unione Sovietica collassò d'improvviso. Nella trattazione politologica, aliena alla geopolitica umana, era "la fine delle ideologie". Che bello essere noi.

Pochi compresero (comprendono) il rinculo tattico, il tentativo di sopravvivere in dimensione inferiore. Al solito rintracciabile tra gli umili più che nella mente degli zar, il sentimento russo non si fece gasoso. Rimase sotto la quotidianità.

Come l'ossessione per l'Ucraina. Secondo economicismo d'Occidente, cagionata da interesse materiale, da brama per le risorse locali, perfino dalle terre rare che rare non sono. Oppure da solitaria cupidigia di Putin.

Elemento da cogliere: i russi vogliono gli ucraini prima ancora del territorio. Come nella più criminale delle relazioni, valutano di loro proprietà gli abitanti di Galizia o Donbass,

[10] Citato in B. Peters, *How not to Network a Nation*, Mit Press, Cambridge 2016.

[11] Ivi.

parenti sprovveduti da gestire con paternalismo e superiorità. Patologia che ogni russo confessa nell'intimità, pure senza ausilio d'acquavite. "Non riconosciamo la nazione ucraina, è semplice rivolo della nostra," s'argomenta con convinzione.

Principio di conquista e sopruso sul cugino slavo. Con ulteriore livello di complessità. Quando gli ucraini (legittimamente) guardano altrove per affrancarsi dal giogo dell'Orso, i russi ne soffrono. Per davvero.

La voglia dei vicini di lasciarsi proteggere dagli americani, prima dai polacchi o dai tedeschi, è sentita come massimo tradimento a Mosca e oltre gli Urali.

"Come potete intendervi con il nostro peggior nemico?" Sindrome da abbandono cui si aggiunge il corredo tattico del luogo.

Sterminata spianata nell'altrettanto sterminato bassopiano sarmatico, nei secoli l'Ucraina ha consentito a Madre Russia di respingere preventivamente, o a babbo morto, gli attacchi provenienti (anzitutto) da Ovest. Lì sono stati annientati o condotti alla follia, svedesi, francesi, tedeschi, italiani, romeni, austriaci, mongoli, tatari. La terra di confine è assicurazione sulla vita. Con solito affondo messianico, che vuole i russi sacrificarsi per sé e per noi (ingrati).

"Dopo aver difeso l'umanità dai mongoli, da Napoleone e dai nazisti, torniamo a batterci contro il nazismo degli ucraini," urla dal 2022 Vladimir Vladimirovič. "Siamo contro il satanismo, contro la devianza sessuale dei figli e dei nipoti di Kiev,"[12] rincara, con aggancio al conservatorismo paracristiano, (nuova) missione imperiale. Per l'emozione generale.

Di qui il 77% d'approvazione per l'invasione dell'Ucrai-

[12] Cfr. *Signing of treaties on accession of Donetsk and Lugansk people's republics and Zaporozhye and Kherson regions to Russia*, President of Russia, en.kremlin.ru, 30 settembre 2022.

na.[13] L'Operazione militare speciale come fusione di irrazionalità più geopolitica. Finora i successi tattici puntellano il Cremlino che spinse il pulsante rosso.

Ma la percolante sconfitta strategica potrebbe invertire la congiuntura. Con gravi rischi per la tenuta del paese. Il conflitto ucraino ha prodotto l'ampliamento della Nato, rafforzato il nazionalismo di Kiev, portato gli americani sull'uscio. Su tutto, ha trasferito i russi sulle ginocchia della Cina.

Collocazione urticante per la popolazione, oltre ogni infingimento. Lentamente sibilante nella coscienza generale, ancora velata dalla nebbia di guerra.

Il messianismo dei russi respinge l'Occidente ma disprezza di più l'Oriente. Il discrimine somatico si fa intollerabile per razzismo. Senza senso di colpa. Niente di peggio della trasformazione dell'Orso in paggio del Dragone. Pura orticaria per chi marchia i cinesi come "occhi stretti" (узкоглазый).

Nei secoli il terrore per il Levante rimase costante nelle pagine e nei pulpiti.

"Soltanto la Russia ha protetto sé e l'Occidente dai tatari, dalla minaccia proveniente da Oriente,"[14] compose l'augusto Aleksandr Puškin, genere di conforto per il depresso Čaadaev. Nello stesso solco il teologo Vladimir Solov'ëv, certo che un'orda di popoli asiatici finirà per dominare il pianeta convogliando sulla terra l'Anticristo.

Aleksandr Blok invitò gli europei ad abbracciare la Rivoluzione bolscevica, altrimenti Mosca avrebbe smesso di proteggerli dagli orientali. "L'Occidente mangiato dai gialli." Stesso sentimento di Nikita Krusciov, dopo la visita nella Repubblica Popolare. "L'atmosfera era tipicamente orientale. Tutti in-

[13] Cfr. N. Ostiller, *Poll: 77% of Russians support war in Ukraine*, "The Kiyiv Independent", 7 febbraio 2024.

[14] Cfr. A. Pushkin, *Klevetnikam Rossii*, ed. A. Saakiants, I, 317, 1962.

credibilmente cortesi e accondiscendenti, mossi dall'ipocrisia della culturale locale. Ricordo d'essere rientrato a Mosca e aver detto ai miei compagni: lo scontro con la Cina sarà inevitabile."

Nel 1975 Andrei Tarkovskij lasciò risuonare la sentenza di Puškin nel suo *Zerkalo* ("Specchio"). In campo largo gli scontri con le guardie di frontiera cinesi brandenti il libro rosso di Mao, avvenuti sei anni prima.[15]

Opera più significativa di altre perché imbrogliata e sbrogliata come flusso di coscienza, comprendente il passaggio decisivo della Guerra fredda. L'orrore per la Cina infilato nel subconscio. Niente di più reale del sogno.[16]

Dello stesso parere i russi attuali, condannati dagli eventi a sperare nel teorico accordo con gli americani. Questo il principale obiettivo del monologo in forma di intervista che nel febbraio 2024 Putin ha affidato al giornalista americano Tucker Carlson (vero cognome Boynton). Scatto da veterano della tattica altrui.

"L'Occidente teme molto più una Cina forte di una Russia forte perché noi abbiamo 150 milioni di abitanti, ma la Repubblica Popolare ne ha un miliardo e 500 milioni. E l'economia di Pechino cresce per grandi salti, oltre il 5% l'anno,"[17] ha maneggiato.

Gli americani necessitano di dividere il campo nemico, ovvero staccare i russi dai cinesi, principali sfidanti per l'egemonia globale. E il capo del Cremlino si sbraccia per comunicare la manovra all'opinione pubblica d'Oltreoceano, contando sul favore di una significativa parte degli apparati washingtonia-

[15] Cfr. *Zerkalo* (Зе́ркало) di A. Tarkovskij, Unione Sovietica 1975.

[16] Cfr. *La Russia davanti*, "Domino", n. 3, 2024.

[17] Cfr. *Interview to Tucker Carlson*, President of Russia, 9 febbraio 2024.

ni, altrettanto certi sia indispensabile mostrare che il vecchio nemico è fatto di carne e ossa.

Iniziativa che nel 1985 fu di Sting, annunciante agli inglesi la provata natura umana dei russi. "Condividiamo la stessa biologia."[18]

In sintesi l'obiettivo di Washington: parlare con i russi, per sottrarli al nocivo abbraccio del Dragone che già pretende la Manciuria siberiana e presto potrebbe reclamare la rotta artica. Alfiere narrativo della cantata apertura sarà chiunque si troverà alla Casa Bianca nei prossimi anni, incapace per assenza di mezzi di incidere davvero sul processo, gestito dagli apparati federali, specie Pentagono, dipartimento di Stato e Cia.

Tra il proposito di negoziato russo-americano e il suo compimento resta notevole lontananza, specie in merito alla guerra d'Ucraina. Bisognerà placare l'insoddisfazione di Kiev, impedire a polacchi e ungheresi di mangiarsi porzioni di territorio, rispettivamente Galizia e Transcarpazia, scongiurare la trasformazione delle cancellerie europee in elettroni liberi, alcune eccessivamente simpatetiche verso Mosca.

Più difficile ancora sarà raggiungere un compromesso.

Sfinito da un'anticamera lunga più di vent'anni, al trillare del campanello Putin non tratterebbe l'astio. Impugnerebbe una lunga lista di doglianze, fitta di umiliazioni: dal Kosovo ai colori delle rivoluzioni nel vicinato, fino alla sentenza obamiana che incardinò potenza regionale il paese più grande del mondo.

Pretenderebbe picchetti d'onore e battute di caccia nel Bois de Boulogne (senza cinghiali napoleonici). Poi consegnerebbe il menu operativo.

Neutralità dell'Ucraina, espulsione dei militari stranieri, fine delle sanzioni con ritorno delle esportazioni russe ver-

[18] Cfr. Sting, *Russians* in *The Dream of the Blue Turtles*, A&M 1985.

so occidente, fissità del fronte militare, riconoscimento della Crimea russa. Forse troppo per gli Stati Uniti che pure vorrebbero chiudere la Cina in un *carré* di nemici: russi, indiani, giapponesi, vietnamiti, coreani, australiani. Dal 2014 la Cia ha costruito in Ucraina dodici basi.[19] Difficile ordinare il "tutti a casa".

I colloqui rischierebbero più volte di fermarsi, forse salterebbero per davvero.

Né basterebbe una conferenza ad hoc per risolvere l'impasse, con i russi fermi nella storia.

Perché, più antichi di Putin, immuni al nostro giudizio, i russi restano irriducibili. Insistono sui due continenti più rilevanti, senza accontentarsi di stare in casa a guardare in video come la California si racconta al mondo. Impossibili da trasformare per morte del dittatore in pubblica piazza o nel suo letto.

Né per scadimento demografico ampiamente in corso.

Secondo l'ente moscovita Rosstat, entro il 2045 la Federazione potrebbe precipitare a 138 milioni di abitanti, 8 in meno di oggi. Con un'età media di 44,6 anni, quasi l'Italia. Eppure non abbastanza per chi preferisce crepare di inedia anziché accettare l'insignificanza.

I russi sono russi. E noi non ne maneggiamo il destino.

Tanto vale abbandonare il conosciuto per sondare il cuore altrui. Come nei confronti dell'India, altra questione aperta e ingannevole.

[19] Cfr. A. Entous, M. Schwirtz, *The Spy War: How the C.I.A. secretly helps Ukraine fight Putin*, "The New York Times", 25 febbraio 2024.

IV.
Illusione indiana

È tra le convinzioni più diffuse. L'India sarà la superpotenza del futuro. Non solo per i numeri, snocciolati in assenza di profondità storica e di geopolitica umana. "Il paese più popoloso del mondo, un miliardo e mezzo di esseri umani al 2024, con il quinto pil del pianeta."

Delhi possiede anche notevoli atout strutturali. Il 52% della popolazione indiana ha meno di 30 anni, il 40% meno di 25, trattasi della più grande collettività adolescenziale mai esistita. Giovani veri perché maggioranza, sognanti le massime imprese, non gli aperitivi, né le cittadinanze inventate o i premi da ritirare in congressi ambientalisti.

Per taglia, il subcontinente non teme niente e nessuno. Partecipa al contenimento marittimo della Cina, puntella la Russia in guerra, ignora le suppliche degli americani che la vorrebbero con sé, guida gli improbabili Brics, seduce l'umanità non occidentale, costringe nell'anticamera i questuanti inglesi che chiedono un accordo di libero scambio, investe nel porto iraniano di Chabahar, amoreggia con Israele, vanta triade e cospicuo arsenale atomico, atterra sul lato oscuro della Luna, possiede base navale nelle antipodali isole Agaléga, presso l'arcipelago di Maurizio.

Si lancia nelle ostilità – solo nel 2020 i militari indiani hanno preso a mazzate quelli cinesi al confine himalaiano. Ostenta cuscinetti su ogni lato terrestre, individuati secoli fa dagli inglesi, principale lascito coloniale. Possiede le vette più alte come barriera.

Ma le sgrammaticature dell'India sono troppe e troppo spesse per garantire un futuro di gloria. Non è nazione, né impero. Nel suo ventre vivono decine di genti, parlanti centinaia di idiomi, genuflesse a migliaia di divinità.

Oltre la maggioranza induista (78% del totale), vi sono più di 200 milioni di musulmani (14% del totale, in netta crescita), quasi 30 milioni di cristiani, oltre 20 milioni di sikh, circa 10 milioni di buddisti. L'hindi è madrelingua per appena il 43% della popolazione, né l'inglese funge da coagulante.

Arcipelaghi non comunicanti, sfruttati nei millenni dalle potenze straniere per dominare la penisola aggettante nell'oceano (di latte).

Arii, turchi, mongoli, portoghesi, inglesi. Con puntuale successo. E insopportabile superbia. "Se partiamo noi, qui crolla tutto," amavano ripetere i funzionari di Sua Maestà. Non solo bluff. Ed è qui il passaggio decisivo.

S'accontentasse dello status corrente, Delhi veleggerebbe con inerzia tra i protagonisti di questo secolo, profittando dei guai dei nemici cinese, pakistano e americano. Sarebbe perno del contenimento anti-Pechino, àncora di salvataggio per l'Orso russo, sedicente testa dell'ecumene. A un diaframma dai massimi attori. Perennemente congratulata potenza emergente.

Poca soddisfazione per la maggioranza giovane e massimalista della popolazione che intende trasformare l'India in impero, con gli indù come ceppo dominante. Il progetto di Narendra Modi, secondo onnipresente narrazione leaderistica. Le intenzioni pertengono gli indù di lingua hindi e sono queste: imposizione della propria religione, sottomissione dei musulmani, manipolazione dei sikh, esclusione dei cristiani.

Fine del sincretismo. Con annessa abolizione delle caste, tragico schema che per millenni ha tenuto insieme una popolazione tanto divisa. Miscela capace, come ai tempi dei moghul, di condurre il paese all'implosione, non alla vetta del pianeta.

Proviamo a comprendere perché, richiamando la storia. Per millenni il subcontinente fu sincretico, per necessità di sopravvivenza. L'induismo letteralmente neppure esiste.

Il termine maneggiato in Occidente è esonimo tratto dal principale fiume del (sub)continente, molto essoterismo, nessun misticismo.

Per i suoi fedeli, è Sanatana dharma, "la norma eterna", oppure Vaidika dharma, "la religione del Veda", o ancora Matrka dharma, "la madre di ogni norma".

Locuzioni stratificate, perché somma di ortoprassi ancestrali, iraniche e autoctone, codificate per difetto dai sacerdoti locali (*bramini*).

Riccioli sull'acqua, impercettibili per cuori alieni. La stessa Trimurti, triplice forma dell'Essere supremo declinata in Brahmā (il creatore), Visnù (il preservatore) e Siva (il distruttore), è invenzione europea tardo-ottocentesca – l'orientalismo ha puntuali venature romantico-germaniche. Di (rinnegata) sensibilità cristiana, gli specialisti del Vecchio Continente credettero di trovare la trinità nelle altre confessioni.

Ma la gerarchia teologica inganna, specie dove non esiste. Il fenomeno che appelliamo induismo è scocca trasparente per popoli tra loro alieni, condannati a vivere e crepare nel medesimo territorio.

All'origine dell'induismo vi è la violenta migrazione degli arii, stirpe iranica originaria dell'Asia centrale che, milleottocento anni prima dell'era volgare, occupò la valle dell'Indo, partorendo buona parte della storia umana.

Senza approdare alla punta meridionale della penisola, dove si rifugiarono le genti dravidiche, ostinatamente precedenti.

I divenuti indoari presero a scrivere in sanscrito e a praticare la religione vedica, identica e opposta allo zoroastrismo degli antenati – non vi è contraddizione.

Laggiù coniarono Bharat (भारत), prima eponimo tribale, poi endonimo metonimico indicante l'intero paese, dalla radice protoindoeuropea *bher*, medesima del nostro "portare", con riferimento al fuoco, elemento centrale del mazdaismo originario.

In epoca protoinduista si ruppe definitivamente il legame con l'Occidente. L'isola del sole posta a nord del mondo, Uttarakuru (उत्तरकुरु) in sanscrito, Ottarakorai in greco, Attacori in latino, è raccontata alla stessa maniera nell'inno vedico dell'*Aitareya Brahmana* e nell'*Odissea*. "Lassù le due divinità, figlie del dio del Sole, custodivano 350 vacche sacre," concordano i testi in sanscrito e in eolico.

Poi la cesura nell'apocrifia omerica: i compagni famelici di Ulisse uccisero e mangiarono le bestie. Epilogo della comunanza euroasiatica.

Di ascendenza iranica, gli indoari vedici s'accontentarono di mescolare spiritualità vecchie e nuove, inserendone altre nel tempo. Profonda fu la delusione quando scoprirono che i cugini iranici, rimasti tra Battriana e Caspio, avevano preso a definire Ahura l'assemblea degli dèi, anziché l'insieme dei demoni come nel vedismo. I persiani non riconoscevano più i cugini gangetici.

Il teologo Śaṅkara definì funzionale l'apertura del dharma a mille impulsi, a patto fosse gestita da *bramini* rigorosamente celibi distinti dal mondo.

Soltanto larghe maglie dottrinali potevano reggere uno spazio che già nel II secolo contemplava metà della popolazione mondiale.

Sincretismo reso nell'espressione "Sarva Dharma Sambhava" "uguale rispetto per tutte le religioni". E nella storiella dei tanti ciechi aggrappati a un elefante, ciascuno in possesso di un lembo della verità. L'obbligato pluralismo privò di missione gli imperi del (sub)continente. Come gli iranici, gli imperi indiani di ogni estrazione mai si rivolsero all'intera umanità, mancarono di univoca definizione di sé, per il timore di scatenare gli esclusi dal canone imposto.

Con l'eccezione di furtivi e politici abboccamenti con le eresie, appuntamento tra qualche riga, per millenni i regni abbracciarono strumentalmente ogni confessione. Dai turco-iranici ghaznavidi dell'XI secolo ai tagichi ghuridi, fino al sultanato turcofono di Delhi.

Furono i moghul a frantumare l'incanto, pagando con l'estinzione tanta audacia. Di discendenza altaica inserita nell'iranismo e di religione musulmano-sunnita, dominarono la penisola tra il XVI e il XIX secolo, profittando al solito delle autoctone alterità, cogliendo il fiore del multiculturalismo.

Secondo storiografia leaderistica, il declino avvenne tra quattro regnanti. La cantilena narra di Akbar (1556-1605), sovrano illuminato, tollerante verso ogni credo, celebrante la festa indù delle luci di Dīpāvalī e il Capodanno zoroastriano di Nowruz, uso pregare quattro volte al giorno (non cinque) verso il sole e non verso la Mecca.

Contrario del bisnipote Aurangzeb (1658-1707), fondamentalista musulmano che avrebbe sciupato tanta saggezza, preferendo memorizzare l'intero Corano, per convertire la popolazione, in larghissima maggioranza induista.

Nella realtà, quella dei popoli, superiore a ogni sovrano più o meno ragionevole, nel XVIII secolo l'Impero Moghul raggiunse faticosamente la massima estensione, guadagnando l'altopiano del Deccan, dove non arrivarono gli arii.

Ebbro del trionfo, il ceppo dominante smarrì la misura, credette di virare la penisola in nazione e trasformare l'islam in sentimento generale.

La terra si ruppe. Si ribellarono i marathi del Maharashtra, i rajput del Rajasthan, i jat della bassa valle dell'Indo, tutti indù, nonché i musulmani pashtun, riluttanti al dominio mongolo. Nel Punjab, toponimo imparentato con il grecolatino pentacqueo, "terra dei cinque fiumi", zampillò il movimento sikh, tentativo di opporre un nuovo sincretismo all'assimilazione islamica.

La *hybris* produsse la rovinosa caduta dei moghul, perfino peggiore perché non immediata. Per capriccio altrui. Nel 1688, presso Agra i jat profanarono la tomba di Akbar, estraendone i resti e bruciandoli in pubblica piazza.

Nei due secoli successivi, prima i marathi poi gli inglesi si ersero a protettori degli imperatori, chiudendoli nel Forte Rosso di Delhi, negando loro di guarire e morire.

È di fine Settecento il perfido adagio persiano, "sultanat-e-Shah Alam, Az Dilli ta Palam". In fiorentino, "l'impero di Scià Alam va da Delhi a Palam". Fuor di toponomastica, "il potere del sovrano va dal centro alla periferia della sola capitale". Più di chiunque, gli inglesi beneficiarono dell'entropia che ne seguì, inizialmente attraverso il solo manovrare della Compagnia delle Indie.

Pochi e spietati, i sudditi d'Oltremanica giocarono tutti contro tutti, mostrando al mondo la cronica inconsistenza dell'Hindustan. Ancora nel 1690, una delegazione londinese implorò il perdono di Aurangzeb, battendosi il petto e piangendo lacrime vere, perché respinta nell'assedio di Bombay/Kolkata – eccellente occasione per l'illustratore francese Guillaume-Thomas Raynal che, con divertita didascalia, eternò il momento, "les Anglois demandent pardon a Aurengzeb qu'ils ont offense".

Poi gli invasori impararono la lezione. Colpirono le varie popolazioni autoctone schierandosi a turno con e contro di esse. Pura arte.

Nelle vicende decisive ebbero come alleati e poi nemici gli hindofoni Bihar, i marathi del Deccan, i telugu del Telangana, i sikh del Patiala, indù e musulmani del Bengala. Dalla battaglia di Buxar (1764) all'ammutinamento dei sepoy (1857).

Nel 1765 Londra spuntò di riscuotere le tasse a nome del

morente Stato Moghul, semplicemente il più florido del pianeta. Un secolo dopo il territorio fu offerto come "perla dell'Impero (britannico)".

Cerniera d'Eurasia, l'India divenne cuore della globalizzazione britannica. La perdita di sincretismo, aggravata dalle insanabili divisioni intestine, aveva consentito un nuovo dominio straniero, esteso fino alla Seconda guerra mondiale.

Celeberrima la razziale boria degli inglesi, puntuali nel richiamare in patria all'età di 45 anni i funzionari impiegati a Delhi, affinché i locali non vedessero marcire i padroni nel fisico e nella mente.

La successiva indipendenza fu conseguenza dell'apprendistato occidentalista degli indù, specie del Gujarat e dell'Uttar Pradesh.

Mandati a memoria gli errori dei moghul, gli indipendentisti inventarono la nazionalità indiana, mai esistita e tuttora inesistente, narrandola come corrispondente l'ecumenismo induista. Agli inglesi, che ordinavano il territorio in nazioni, lingue e caste, risposero applicando a sé l'altrimenti oxfordiano demotico *Indian*, con I maiuscola come da ortografia isolana.

Nel suo *La scoperta dell'India,* titolo candidamente veritiero, Jawaharlal Nehru da Allahabad, progenie di *bramini*, istruito al Trinity College di Cambridge e futuro primo ministro, assicurò che "un certo sogno d'unità occupava la mente dell'India fin dall'alba della civilizzazione".[1] Con tanto di dolosa impostazione economicistica appresa sui banchi d'Inghilterra e girata contro la madrepatria coloniale. Per cui l'India

[1] J. Nehru, *The Discovery of India,* Penguin Books, New York City, edizione del 2004.

andrebbe giudicata territorio industriale e produttivo, non altro.

Sopra le diverse genti vi sarebbe il materialismo storico, antidoto alle differenze rintracciabile nella Costituzione del 1976 che vuole la Repubblica "socialista, secolare e democratica". Tesi innalzata da Mohandas Gandhi, a sua volta proveniente dal Gujarat e di indottrinamento londinese, sicuro che il (sub)continente meritasse indipendenza nella sua unità, senza paternalismo britannico.

Salvo genuine ammissioni. "La nazione indiana è creazione degli imperialisti inglesi e l'India indipendente eredita uno spirito coloniale,"[2] confessò negli anni trenta, prima di tornare a battersi contro gli occupanti, in forma costantemente non violenta, memore di come le antiche rivolte avessero fallito.

Capolavoro tattico. Lo Stato-nazione vigente soltanto in Occidente andava calzato sulla galassia indica e legato al sentimento anticolonialista diffuso alla metà del Novecento. L'India del futuro avrebbe avvolto il riscoperto sincretismo in una statualità europeggiante. Si tornava alle origini mistificando modernità.

Superiorità degli indù rapidamente colta dai musulmani locali che presero a reclamare un proprio Stato, contando sulla voglia degli inglesi di tornare a casa. Strapersa la Seconda guerra mondiale sul piano strategico, benché vinta in dimensione tattica, una sfiancata Gran Bretagna s'avviò al ritiro.

Per sbrigare la pratica fu inviato a Delhi l'avvocato Cyril Radcliffe, primo visconte Radcliffe, mai stato a est di Parigi in vita sua e con nessuna contezza del territorio. Atterrato da Belgravia il 7 luglio 1947, non s'acclimatò mai, temendo in più occasioni di finire all'inferno per il troppo caldo.

[2] Citato in J. Laine, *Meta-Religion: Religion and Power in World History*, University of California Press, Berkeley 2015.

"Più che un'impresa concettuale, fu una prova fisica,"[3] sospirò al ritorno in patria. In meno di cinque settimane tracciò a matita su carta pieghevole del Foreign Office gran parte dell'attuale confine tra India e Pakistan, senza cura alcuna per la geografia spirituale ed etnica dei luoghi.

Di fatto, Punjab e Bengala furono divisi a metà. I nuovi confini annunciati il 17 agosto, con Pakistan e India rispettivamente indipendenti da tre e due giorni. Appreso nottetempo d'essere dalla parte sbagliata del confine, 14 milioni di esseri umani tra musulmani, indù e sikh si trasferirono altrove, con annessi tumulti.

Meno di un anno dopo Lord Mountbatten, ultimo viceré e zio materno del successivo principe consorte Filippo, lasciò per sempre l'India, archiviando l'impero, trovando la morte trent'anni dopo per attentato degli indipendentisti irlandesi, ulteriore dissoluzione dei possedimenti di Sua Maestà – ne trattiamo nel capitolo X.

Il subcontinente era finalmente indipendente, ancorché non in forma unitaria.

Oltre al sincretismo, a conservarlo sarebbe stato il sistema castale, per millenni feroce antidoto al caos. Se in Europa, altra penisola fatale, sono stati i rilievi orografici a produrre le distinzioni culturali tra popoli, nel triangolo indico le innumerevoli etnie sono opera dei fiumi. Gange, Indo, Yamuna, Narmada, Godavari, Krishna, Kaveri, indifferenti nel corso del tempo ai tentativi interni ed esterni di unire il territorio e assimilare la popolazione. Non vi riuscì neppure la civiltà indoariana, presto scissa in numerose filiazioni, antenate dei popoli indiani. Chiari d'epidermide, gli arii non si fusero con gli autoctoni più scuri, mossi a meridione.

[3] Citato in A. Reda, D. Fisher, *The Proudest Day*, Random House, London 1998, p. 484.

Il (sub)continente restò abitato da genti distinte e ostili pure nel periodo classico, dominato dagli Imperi Maurya (325-185 a.C.) e Gupta (240 e il 550 d.C.), formalmente regnanti su gran parte del territorio. Le lingue si confermarono principalmente distinte tra indoeuropee e dravidiche.

Per rendere governabile una frammentata immensità, nuovi arrivati escogitarono l'ordine castale, confermato nei millenni, oltre ogni obiezione ideologica o di coscienza. Pena, la sottomissione per mano straniera.

Qui applicarono la propria nozione dei colori e della nascita. Il nostro lemma "casta/e", dal latino *castus*, è conio dei portoghesi che misurarono tramite purezza gli strati sociali, mancando il senso del paradigma comunitario.

Varna è il temine sanscrito per la gerarchia dei ceti, ovvero "tintura", dal protoindoeuropeo *wer*, origine del nostro "coprire", anche tramite colore. Oppure *jāti*, con radice *jan* ("nascita"), medesima sorgente del nostro "genesi", a indicare l'appartenenza per stirpe biologica a una specifica condizione.

Questa le pigmentate caste indiane, in ordine di potere: *bramini* (sacerdoti), esibenti il colore bianco; *kṣatriya* (guerrieri e regnanti), sfoggianti il colore rosso, *vaiśya* (agricoltori, artigiani, mercanti), indossanti il giallo; *śūdra* (lavoratori più umili), vestiti di nero. Esclusi i *dalit*, gli intoccabili, separati dal resto della società.

In Europa le stesse tonalità segnalavano spiritualità o potere. Il flamine diale, sacerdote romano preposto al culto di Giove Capitolino, indossava copricapo latteo detto *albogalerus*. Ovidio usò due soli vocaboli per consegnare all'eternità il corteo del flamine quirinale, il religioso preposto al culto di Quirino, "alba pompa" (corteo bianco).[4] Prima ancora il rex

[4] Cfr. G. Dumezil, *Mitra-Varuna, due rappresentazioni indoeuropee della sovranità*, Il Cerchio, Rimini 2024.

dell'Urbe si distingueva per il vestiario rosso, il più nobile, nome per il resto (*coloratus*), poi traslato in porpora.

Ma in Occidente non vi fu necessità di pensare caste assolute. Fu sufficiente assimilare i *clientes* o adottare distinta missione imperiale, specie quella offerta dall'universalismo cristiano.

In India, l'impossibilità di imporsi sul locale universo di idiomi e confessioni cagionò l'avvento di un proto-apartheid. Il *Manusmṛti*, trattato di diritto indù apparso nel II secolo, suggerì la separazione tra le professioni.

Nacquero i recinti di collettività, sopravvissuti a numerose insidie istituzionali e spirituali. Tra il IV e il V secolo prima dell'era comune il buddismo dal Nepal e il giainismo dall'Uttar Pradesh vollero polverizzare le caste e i loro colori.

Il sovrano Chandragupta e suo nipote Aśoka dell'Impero Maurya adottarono entrambe le religioni per sottrarsi al potere dei *bramini* e sottoporre l'intera popolazione, mai unita, alla monarchia. Si verificò una crisi profonda. Gujarati e tamil si ribellarono, esponendo il territorio a molteplici invasioni greco-iraniche. Per evitare il collasso, i popoli indoari recuperarono *varna* e *jāti*, determinando il trionfo dell'induismo. Il buddismo fu costretto all'estero, dove altre classi provavano a ribaltare lo status quo – in Giappone lo accolsero i samurai in armi contro l'imperatore scintoista.

Il poema *Mahābhārata* (La grande [storia] dei Bhārata), principale epica indù assieme al *Rāmāyaṇa*, celebra in 75 mila versi la necessaria conservazione dell'ordine castale. Momento decisivo nel XVIII capitolo, *Bhagavadgītā* (Canto dell'Adorabile Signore), 700 versi (*śloka*) nel migliore sanscrito lasciato sul foglio.

Con gli eserciti schierati e pronti al combattimento, il Pāṇḍava Arjuna sprofonda. Non ha il cuore di uccidere maestri e conoscenti arruolati tra i nemici.

"Il mio cibo saprà di sangue, meglio vivere di elemosina,"

bestemmia. Patente il riferimento ai monaci buddisti, anche noti come *bhikshus*, "coloro che vivono di carità". Il compagno e auriga Kṛṣṇa lo inchioda al dovere di *kṣatra* (guerriero). Se Arunjua si sottraesse, l'ordine terrestre scomparirebbe. Passaggio ultimo, Kṛṣṇa, avatar di Visnù, si manifesta come Essere Supremo.

Appresa la verità, Arunjua imbraccia le armi e realizza la propria parabola.

Financo più sprezzante, il *Mārkaṇḍeya Purāṇa*, dialogo tra i saggi Markandeya e Jaimini, scritto nel 250 prima dell'era volgare. Prontuario per la fine del mondo.

"L'avvento di re barbari, tribali o estranei alle caste guerriere, come Aśoka, avvierebbe un tempo di disastri naturali e decadenza morale, con donne prive di pudore e asceti travestiti da monaci per occultare una vita di alcolismo e sesso illecito," si legge tra vetri tremanti.

Mille anni più tardi l'islam avrebbe insidiato l'immobilità della società indù. Proprio dei turco-mongoli, conversanti nel persiano che fu degli antenati ariani, sedusse gli ultimi degli ultimi che desideravano sovvertire le caste, misconosciute dal Corano.

Più che le conversioni forzate, a diffondere la fede di origine semitica fu il respiro liberatorio. Ne venne la reazione dei molti popoli indù, agghiacciati da tanto arbitrio.

Nel Settecento cadde l'Impero Moghul e con esso l'idea di una società a schema libero. Caos. Rimasti indiani, nei decenni successivi i musulmani convertiti si sciolsero volentieri in caste. Anche loro.

In cima posero gli *ashraf*, discendenti delle popolazioni straniere e islamiche stanziate nel (sub)continente. Tra questi: i sayyd, di provenienza araba, sedicente progenie di Maometto; gli shaikh, di matrice persiana; i pathan, di etnia pashtun (dunque iranica); i moghal, eredi dei turco-mongoli.

Sotto si collocarono *ajlaf* e *arzal*, noti in lingua urdu (o hindi) come *pasmanda*, "gli esclusi", ossia *vaiśya*, *śūdra* e *dalit*, abbraccianti l'islam per superare la propria condizione. Senza riuscirvi.

Nell'Ottocento furono gli inglesi a magnificare il valore dei *varna*, troppo utili per governare tanta vastità. Pure Gandhi, di provenienza *vaiśya*, sebbene scomunicato (paria) per aver indossato abiti occidentali in Inghilterra e nel Natal, lodò il sistema castale come ragione della sopravvivenza dell'induismo, discolpandolo della sottomissione subita dal popolo (dai popoli).[5] Ragionamento poi abiurato e rivendicato a intermittenza nel corso degli anni, a dispetto della retorica atarassica.

Negli ultimi anni le caste sono state ufficialmente abolite. Non esiste censimento specifico dal 1931, l'ultimo fu iniziativa del Rāj inglese – un analogo studio realizzato nel 2011 è stato secretato *sine die*.

Epperò i *varna* restano vivissimi. Rilevamenti distendono una realtà assai nota. Nel 2024, il 65% degli indiani ritiene "molto importante" vietare che uomini e donne sposino membri di altri ceti.[6] Pure in aumento, negli ultimi decenni le unioni intercastali hanno raggiunto il 6,1% del totale.

Si calcola che il 70% della popolazione pertenga alle classi più basse, il 30% ai dalit, a fronte del 62% di funzionari federali ancora composto da *bramini* e *kṣatriya*.[7]

Il sistema come garanzia della stabilità interna – e dei privilegi. Intrecciato con il sincretismo, per reggere il castello (di sabbia).

[5] Cfr. D. N., *Gandhi, Ambedkar and Separate Electorates Issue*, "Economic and Political Weekly", vol. 26, n. 21, 25 maggio 1991, pp. 1328-1330.

[6] Cfr. *Religion in India: Tolerance and Segregation*, "Pew Research Center", 29 giugno 2021.

[7] Cfr. S. Ganguly, *The civil servants who shaped indian diplomacy*, "Foreign Policy", 10 marzo 2024.

Architettura lentamente abbandonata negli ultimi decenni, per puntare alla superpotenza.

La svolta cominciò negli anni ottanta. Molto prima dell'avvento di Modi.

Nel giugno del 1984 i capi del movimento separatista sikh, già artefici sei anni prima di azioni eversive, s'asserragliarono nel Tempio Dorato presso Amritsar, nel Punjab, tra i massimi siti del sikhismo.

Il primo ministro Indira Gandhi, figlia di Nehru e acquisita in una famiglia zoroastriana fuggita dall'Iran ai tempi della conquista araba, ordinò l'attacco al tempio e ad altri santuari sikh, causando la morte dei separatisti e di fedeli innocenti.

Il 31 ottobre Gandhi fu uccisa da guardie del corpo ancora sikh e nei giorni successivi altre 15 mila persone dello stesso credo furono massacrate dalla folla indù in Punjab, Haryana, Madhya Pradesh, Uttar Pradesh, Bihar, Delhi.

Due anni più tardi nuovi tumulti esplosero ad Anantnag, nel Kashmir a maggioranza musulmana, provocati dalla costruzione di una moschea sul terreno di un tempio induista. Oltre duemila morti in meno di un mese, specie indù che protestavano per il cantiere. Tensioni già affiorate nel 1971, ai tempi dell'intervento di Delhi per favorire la secessione del Bangladesh dal Pakistan – terza India sulla Terra.

Con le violenze settarie per le strade, il 25 gennaio 1987 la tv di Stato Doordarshan (Dd) trasmise la prima puntata di una serie televisiva, divenuta il prodotto di maggior successo della storia, con 78 episodi in hindi e oltre cento milioni di spettatori a settimana. *Rāmayan* ("Il viaggio di Rāma"), rappresentazione popolare dell'altro grande poema induista. Per la prima volta in trent'anni di indipendenza, la popolazione indiana assisteva all'esaltazione di una confessione sulle altre. Squarcio nel sincretismo governativo.

Nelle puntate da 52 minuti ciascuna, il lungo esilio di Rāma, principe di Ayodhya e incarnazione del dio Visnù, rientrato in patria dopo aver strappato sua moglie Sita alle grinfie di Ravana, spietato re dalle molte teste. Trionfo del bene sul male, della luce sull'oscurità, come nella festa di Dīpāvalī.

In quei mesi tornò di moda un librino dal titolo inquisitorio *Hindutva chi è indu?*, redatto nel 1923 da Vinayak Damodar Savarkar, prigioniero nelle carceri coloniali, discendente di bramini del Maharashtra, antitesi in carne di Nehru e Gandhi.

Per Savarkar, va ritenuto indù chiunque riconosca la madrepatria collocata tra l'Indo e i mari, tra la Aryavarta, la casa degli ariani, e la Bharatvarsha, la terra di Bharat, coscientemente portatore di un passato vecchio di millenni, di molto antecedente la resistenza all'Impero inglese.

Di qui "Hindutva", cacofonia malamente traducibile in "induistità", la religione come cifra distintiva, ideologia del Rashtriya Swayamsevak Sangh (Organizzazione volontaria nazionale), movimento paramilitare da cui è venuto il Partito del popolo indiano (Bharatiya Janata Party), non casualmente nato nel 1980 e attualmente guidato da Narendra Modi, primo ministro dal 2014. La sovrastruttura che emoziona i politologi, dunque inutile.

Più seriamente, negli abissi del sentimento collettivo, gli abitanti della cosiddetta cintura hindi, i più giovani per età media, pretendevano di sostituire il sincretismo con sé stessi. Specie in Uttar Pradesh, Bihar, Chhattisgarh, Madhya Pradesh, Rajasthan e Uttarakhand, immagina(va)no di trasformare l'India, prima in nazione (Hindu Rashtra) e poi in impero (in hindi non esiste dizione corrispondente).

L'indipendenza del Pakistan Orientale aveva confermato una pericolosa complessità. Gli altrettanto musulmani del Bangladesh avevano preferito lasciare Islamabad perché parlanti l'idioma bengalese, minoritario nel resto del già residuale paese, tanto da definire "martiri della lingua" coloro che caddero nella guerra d'indipendenza – l'inno nazionale di Dacca è stato composto dal premio Nobel per la letteratura, Rabindranath Tagore, di confessione indù.

A determinare la fine del sistema novecentesco contribuì grandemente l'implosione dell'Unione Sovietica, a lungo antemurale contro i nemici cinese e pakistano.

In Guerra fredda, Delhi s'era tenuta distante da Washington e da Pechino, nominandosi testa dell'onirico Sud del mondo e dell'impossibile movimento non allineato – già nel 1962 la questione indiana aveva svuotato lo studio politologico delle relazioni internazionali, tuttora vigente in Italia, quando la democratica India ottenne il sostegno dell'autoritaria e comunista Unione Sovietica, mentre gli altrettanto democratici Stati Uniti puntellavano le tiranniche Islamabad e Pechino.

In assenza di Mosca, o in presenza di una Russia ridotta, l'India del (nostro) II millennio doveva prepararsi allo scontro con la Repubblica Popolare.

Scenario che impone(va) di serrare il fronte interno. L'ammutinamento dei soldati sikh nella rivolta degli anni ottanta confermava tanta urgenza.

Da allora a oggi gli obiettivi sono rimasti coerenti. Come ai tempi dei moghul, si vorrebbe conferire etnia dominante al miscuglio indiano, stavolta quella induista.

Con gradi diversi di partecipazione per gli altri. Sikh, giainisti e buddisti, pure nel torto, ritenuti prossimi agli indù, (quasi) amici dello Stato, da avviare alla causa.

Musulmani, cristiani, ebrei, zoroastriani designati come nemici pubblici, da piegare alla maggioranza. Specie i seguaci di Maometto.

Via anche le caste, nel frattempo rinominate. Adesso i ceti più alti si chiamano "avanzati". Quelli più poveri "arretrati", "estremamente arretrati", "riconosciuti" (gli intoccabili) o tribali (le comunità indigene). Obiettivo, neutralizzare l'altro monumentale *vulnus* tra la popolazione. Senza timore di provocare il destino.

I colori dei *varna* restano, ma allentare la gerarchia dovrebbe porre i popoli sotto l'unica mano degli indù. Senso profondo del momento attuale, oltre le vittorie del Partito del popolo indiano e triplice elezione a primo ministro di Modi, gujarati di casta *vaiśya* (Modh-Ghanchi).

La manovra s'è trasferita nell'istruzione pubblica. Negli anni i programmi scolastici sono stati massicciamente rivisti in senso vedico e induista.

L'origine del paese collocata dodicimila anni prima dell'era volgare, sebbene il movimento degli arii risalga a ottomila anni più tardi.

Le lezioni di matematica integrate da elementi di calcolo vedico e quelle di scienza dai passi della mitologia induista. Falsi storici inseriti come intervalli.

Nei libri di testo si legge di un'India mai dominata dai musulmani, del buddismo come semplice variante dell'induismo, del sultanato di Delhi, anticipo dell'Impero Moghul, come vicenda minore, da liquidare nel paratesto.

Negli atlanti si trovano mappe con il Golfo del Bengala segnato come Ganga Sagar (Mare del Gange) e l'Oceano Indiano come Hind Mahāsāgar (Oceano degli indù).

Esibendo sincretismo fasullo, Modi non manca di visitare templi buddisti, di definire diversamente indù i sikh e di dirsi orgoglioso della lingua tamil, "la più antica del mondo".[8] Senza includere nel retaggio comune cristiani o, tantomeno, musulmani. Quest'ultimi sono additati quinte colonne di ogni nemico.

Negli ultimi anni sono aumentate le azioni ai loro danni. Nel 2019 il governo s'è assegnato il diretto controllo dello Sta-

[8] Citato in *Proud that Tamil is the oldest language, says PM Modi at Pariksha Pe Charcha event*, "Indian Express", 29 gennaio 2023.

to di Jammu e Kashmir, rivendicato da Pechino e Islamabad, e abitato in maggioranza da islamici, poi sciolto in due territori.

Nella fase alta della pandemia ha definito untori tutti gli islamici, trovando d'accordo il 66% della popolazione,[9] specie nella cintura hindi, dove sono esplosi altri pestaggi, anche contro i macellai di carne bovina.

Nel 2022 il parlamento ha proibito alle ragazze di indossare lo hijab nelle scuole, con numerose proteste in molteplici Stati.

Lo scorso gennaio, ad Ayodhya, città dell'Uttar Pradesh e mitologica capitale del regno di Rāma, dove nel 1992 oltre 150 mila indù distrussero la moschea di Babri, è stato aperto un gigantesco tempio dedicato all'avatar di Visnù.

Tripudio precedente di sette mesi l'inaugurazione del nuovo parlamento a Delhi (Saṁsada Bhavana). Due gli elementi architettonici di valenza pedagogica dell'edificio. Una mappa smisurata della Akhand Bharat, la grande e indivisibile India, evocazione dell'Impero Maurya, contemplante Afghanistan, Pakistan, Bangladesh, Bhutan, Nepal, Sri Lanka, Tibet. E un pendolo di Foucault agganciato a un imponente lucernario, prova della corrispondenza tra l'universo e l'idea dell'India.

Induizzazione del paese che ha prodotto massiccia ostilità. Nel febbraio del 2020, ancora a Delhi, sono morte 53 persone per le proteste contro l'assegnazione della cittadinanza agli immigrati non musulmani.

Tra il 2020 e il 2021 la rivolta dei sikh contro la riforma agraria, il Punjab è venduto "granaio d'India", ha registrato 541 morti. Nel 2023 incidenti nello Stato di Manipur tra la maggioranza induista e la minoranza kuki di confessione cristiana (battista) hanno provocato altre 221 vittime.

[9] Cfr. *Study says 66% of Indian public blame Muslim population for COVID*, Open Access Government, 14 maggio 2021.

La situazione può precipitare. Senza sforzo. Nel disegno di diventare impero e dismettere le caste, dopo secoli la civiltà indica potrebbe nuovamente precipitare. Anche perché il tentativo in corso proseguirà. Il nucleo hindi non s'accontenta dell'ossessione europea per la crescita del pil. Aspira alla superpotenza per *adolescenziale* esuberanza. Non accetta un avvenire da protagonista minore.

Vuole tutto. Fino ad aggravare quei guai che spera di risolvere con la forza, provocando l'autodistruzione. Scenario plausibile.

Nei prossimi anni la trasfigurazione interna causerà notevoli resistenze, foraggiate dai nemici, Cina e Pakistan in testa. Mancanza di misura che è della gioventù. Con conseguenze imprevedibili per sé e per noi. Epitaffio sull'India come superpotenza del futuro.

V.
L'anima dell'Iran

In Europa ogni rivolta che scuote l'Iran è ritenuta tardiva adozione del nostro costume.

Come gli altri esseri umani, anche gli iraniani sognerebbero di replicare la nostra società. Con tenera eccitazione, l'oleografia di qui ostenta la presunta volontà altrui di abbracciare gli irresistibili "valori occidentali", rappresentazione posticcia quasi quanto l'utilizzo del termine *governance*.

Dopo ventisette secoli, gli iraniani avrebbero finalmente stabilito di vivere come noi, ripudiando senza nostalgie il proprio *ethos*. Approdati alla consapevolezza, vorrebbero tradurre in casa propria la società vista (clandestinamente) alla televisione oppure online.

Unici fuori dalla storia nell'intero pianeta, siamo sicuri che pure gli abitanti di Teheran e Isfahan intendano dondolarsi nella nostra dimensione parallela, condannati a campare di economia anziché di gloria, tra un aperitivo e un telefilm, tra la parabola economica e l'annunciata apocalisse ambientale. "Ah, finalmente hanno capito," insiste la norma, tra inconsapevole razzismo e misconoscenza dell'altro. L'attualità che pare vera.

Ma sulla Terra e in barba alle nostre allucinazioni, gli iraniani non ne hanno alcuna intenzione. Piuttosto, come insegna la storia, non hanno mai rinunciato alla propria alterità.

Neppure adesso inclinano verso l'esterno, tantomeno verso ponente. Adottassero un regime libertario, lo rinnegherebbero immediatamente se fosse apprezzato all'estero.

Come in ogni contesto non occidentale, in Iran l'individuo non è al centro della società. Cardine indiscusso sono i popoli che compongono l'impero – la tribù fu obliterata ai tempi dei Pahlavi in nome dell'assimilazione. Sotto i popoli vi è la famiglia, al contempo nucleo di stato sociale, ufficio di collocamento, banca commerciale, agenzia matrimoniale.

Qui i desideri del singolo non sono rilevanti. Da sempre. La stessa idea di uguaglianza è contraria alla nostra. Un motto locale interpreta l'oppressione come giustizia se applicata a tutti, senza privilegi ("zolm be'lsaviyeh adl ast"). Superiorità del sentimento comune.

Lungi dall'essere eccezione, nelle autocrazie persiane le proteste sono interazione abituale. Anche nella Repubblica Islamica. Con le elezioni anticipatamente decise dal Consiglio dei guardiani o dai brogli nelle urne, la contestazione è strumento ordinario per esternare il dissenso. Come capita in due terzi degli Stati del pianeta.

Ulteriore complessità. L'Iran contemporaneo è uno dei paesi più giovani del mondo, con il 73% della popolazione sotto i quarantacinque anni. Dunque, per anagrafe anelante la feroce affermazione di sé.

Pure reclamanti governo e narrazione differenti, puntualmente i manifestanti iraniani invocano il ritorno di un impero profondo, più zoroastriano che islamico, più classico che mediorientale. Le donne rivendicano libertà e parità, spesso finendo torturate o uccise nelle carceri. Ma queste si nutrono di numerosi impulsi, sovente più diffusi, siderei per il nostro immaginario.

Le convulsioni specchiano tale complessità. I persiani delle grandi città sono animati dall'urgenza di archiviare il regime corrente e sostituirlo con un altro altrettanto tirannico ma afferente alla preislamica tradizione achemenide. Gli iraniani del paese profondo propongono uno Stato laico e monarchico in sostituzione della teocrazia, a sua volta autoritario.

Altri ancora vorrebbero soltanto ridurre l'impero, dopo anni di faticosa autarchia, di guerre non dichiarate in Medio Oriente e in Asia Centrale. Ancora, nelle periferie le minoranze etniche sognano di abbattere la Repubblica Islamica per imbrigliare il dominante ceppo persiano, contrario a riconoscere pari dignità alle altre etnie, pure nelle generazioni più verdi.

Infine, il grosso della popolazione si astiene, estraneo al fondamentalismo degli imam ma tuttora persuaso che questi sappiano meglio opporsi all'ingerenza delle nazioni nemiche. Con l'esclusione di poche migliaia di residenti nei quartieri più ricchi, nessuno inneggia alla democrazia occidua.

Fenomeni oscurati dalle accademie e dai media nostrani per mancanza di strumenti. Nessuna censura.

La Persia si percepisce centro del mondo, gelosa della propria differenza.

Quasi duemila anni prima dell'era comune il movimento dei protoariani verso il subcontinente indiano gemmò il sanscrito e la dottrina vedica, respiro di ogni ragionamento indoeuropeo. Eppure, come visto, cinquecento anni più tardi gli stessi iranici stanziati in Persia respinsero la cosmologia distillata oltre il Punjabi dai cugini vedici, pure se di comune semantica. L'Iran pretendeva unicità financo dai parenti stanziati nella pianura indo-gangetica.

Più longeva al mondo, a differenza dell'Egitto la civiltà iranica è rimasta impero in ogni sua versione. Medi, achemenidi, parti (arsacidi), sasanidi, safavidi, cagiari, pahlavi, ayatollah, hanno conservato magnificata idea di sé, continuando a partire gli umani tra ariani (*īrân*) e non (*anīrân*).

A lungo hanno identificato il paradiso con la Airyanem Vaejah ("là dove scorre il fiume degli iraniani"), la più perfetta delle sedici terre impastate da Ahura Mazdā, unico dio della religione zoroastriana. Negli anni trenta del Novecento larghe fasce della popolazione abbracciarono il nazismo che annunciava come superiore la presunta razza ariana, ovvero quella persiana.

Costola antecedente il mazdeismo achemenide, sei secoli più tardi la confessione di Mitra si diffuse nell'ecumene ellenica e a Roma, con evidenti contaminazioni nel cristianesimo – tuttora la domenica è indicata in inglese come *sunday*, "giorno del sole", in ossequio al Sol Invictus del rito mitraico.

Genesi simile per il manicheismo, emerso intorno al III secolo dell'era volgare nel brodo zoroastriano, di cui riprodusse il dualismo valoriale, seducendo l'Europa medievale, con ruolo apicale per catari e albigesi. Senza che i culti di Gesù o Mani attecchissero massicciamente in Persia, con la parziale eccezione del nestorianesimo, apprezzato a Ctesifonte e nella Mesopotamia sasanide per la netta distinzione proposta tra la natura umana e divina del Cristo, palese calco dell'escatologia zoroastriana che riconosce(va) a ogni essere umano potenzialità da messia.

Contro ogni trasfigurazione, la Persia conservò piglio solitario. Soltanto gli arabi nel (nostro) Basso Medioevo imposero la propria confessione allo spazio iranico, anche grazie al sincretismo dell'islam, vantaggio di chi giunge per ultimo a redigere il Libro.

Sottomessi dal califfato dei Rashidun, gli iranici divennero musulmani, ma adattarono la nuova fede al proprio costume e alla geopolitica. Dopo secoli da sunniti, durante il Rinascimento, loro e nostro, abbracciarono lo sciismo, setta ribelle ed eterodossa schierata contro l'islam gerarchico e normalista della maggioranza. A introdurre l'*eresia* furono i safavidi, tribù turca di ascendenze mistiche (sufi), desiderosi di affrancarsi dai cugini ottomani, araldi dell'umma sunnita.

Vinte le iniziali resistenze, i persiani collocarono lo sciismo duodecimano su un *tell* culturale ancora zoroastriano.

Per coagulare le eterogenee popolazioni di dentro intorno alla nuova confessione. E tirare verso sé le genti della regione, altrimenti impossibili da avvicinare per un popolo estraneo al contesto, indoeuropeo in terra semitica.

In uno schema di mutuo incantamento, compresero che l'islam avrebbe loro donato l'universalismo che sempre mancò alla confessione mazdea e che rifiutarono nel cristianesimo. Senza rinunciare al sincretismo, ossia senza rinnegare sé. Gli iraniani divennero in superficie stirpe musulmano-mediorientale, ma mazdaica e universalistica nelle viscere.

Nella nuova gnosi, Spenta Armaiti, progenie di Ahura Mazdā, fu traslata in Fatima, figlia di Maometto e moglie di Alì, cugino del profeta e primo imam.

L'appassionata attesa per il ritorno di Saoshyant, figura messianica dello zoroastrismo, destinata a realizzare il giudizio finale e la ricostruzione dell'ordine antecedente la scissione tra bene e male, si spostò sull'ultimo imam al-Mahdī, in occultamento dall'874 per sottrarsi al perfido califfato abbaside, previsto quaggiù per la fine dei giorni.

Condizione culturale mantenuta fino a oggi. Anziché produrre una società inedita, l'attuale Repubblica Islamica ha conservato pigmenti preislamici. Il Capodanno resta l'equinozio di primavera, Nowruz (crasi dei termini "nuovo" e "giorno"), risalente a 15 mila anni fa. Il calendario è solare, non lunare come nella matrice islamica, composto di mesi dal nome zoroastriano.

Ancora nel 2010, gli ayatollah inaugurarono un busto del sommo poeta Firdusi nella centralissima Piazza della libertà (*Meydāne Āzādī*) a Teheran, costruita ai tempi dell'ultimo scià per celebrare i 2500 anni dell'impero. Secondo l'ex presidente Maḥmūd Ahmadinejad, vi sarebbe mistica corrispondenza tra l'anno di nascita del poeta e l'occultamento dell'imam al-Mahdī.

Nel corso della storia qui le dinastie straniere furono ogni volta persianizzate.

Vestite di abiti sofisticati, si inventarono autoctone.

Dopo la distruzione dell'Impero achemenide, Alessandro Magno volle sciogliere la cultura ellenica in quella iranica, imponendo ai suoi generali di congiungersi con le figlie della locale nobiltà – lui sposò Statira II, figlia di Dario III, e Parisatide, figlia di Artaserse III.

Dall'unione tra il diadoco Seleuco e Apama, discendente del principe battriano Spitamene, gemmò il successivo Impero seleucide, rinascita della civiltà persiana, tornata (semi) indipendente.

A differenza dei vicini, le invasioni arabe (VII secolo) e turche (XVI secolo) non hanno estinto il farsi, sopravvissuto come lingua franca tra i popoli che dall'altopiano iranico rimontano nell'India musulmana. Di qui la semplicità della sua grammatica, pensata per essere maneggiata dagli allofoni. Intorno al nostro anno Mille i letterati locali si diedero alla lirica per mistificare nell'alfabeto semitico i versi calligrafati in persiano.

Per nutrire il sentimento collettivo, allora fiorì la produzione dei cosiddetti Libri dei re (*Shāh-Nāmeh*), poemi dedicati all'epopea zoroastriana, proposta come massima elevazione. Specie nella regione del Khorasan, "terra del sole nascente" come la fissarono i sasanidi, ultima dinastia prima dell'avvento degli arabi.

L'opera più celebre fu vergata da Firdusi. Tema del suo canto, la gloria imperiale persiana, narrata come irriducibile, in tono anticronologico.

Tra i versi, non sporcati da un solo lemma arabo, la smania di dimostrare che i macedoni non avevano mai battuto gli achemenidi. A Gaugamela, Dario era stato sì umiliato, ma soltanto perché Alessandro (Iskandar) sarebbe in realtà di ceppo persiano.

Lo avrebbe confessato lo stesso macedone al nemico sull'uscio dell'Ade, prima di sposare sua figlia, inforcando l'anello straniero. Per perpetuare la genia.

Tanto accumulo ha prodotto una memoria storica omogenea, in cui personaggi preislamici assurgono a protagonisti della religione musulmana in arcuate vertigini.

Fondatore della confessione eponima, Zaratustra corrisponderebbe ad Abramo, inserito tra i profeti del Corano. Jamshīd, il maggiore sovrano della dinastia pishdadiana, non attestata epigraficamente ma presente nei testi, sarebbe Salomone, altro profeta dell'islam menzionato cinque volte nel Corano. Per secoli si pensò che la tomba di Ciro il Grande a Pasargade, nella provincia di Fars, fosse della madre di Salomone. E il santuario zoroastriano di Adur Gushnasp, uno dei tre fuochi sacri, fosse il trono dello stesso Salomone (*Takht-e Soleymān*).

Altrettanto rilevante, dall'alba dei tempi la Persia è l'anti-Occidente. Nei millenni s'è posta contro ciascuna versione (imperiale) di ponente. Fosse greca, romana d'origine o d'adozione, dunque bizantina, selgiuchide, ottomana, russa, statunitense.

Tra il 79 e l'81 dell'era volgare, corrispondente secondo storiografia leaderistica al regno di Tito (Flavio Cesare Vespasiano), i parti adottarono il condottiero romano Terenzio Massimo, già procuratore in Bitinia e nel Ponto. Contrario al potere della *gens* Flavia, costui aveva riscosso notevole seguito in Oriente, vantando pronuncia da *koinè* alessandrina e minacciando di marciare sul centro dell'impero, precipitandolo nell'entropia.

Artabano III, principe iranico di Partia, lo accolse a corte con i massimi onori, congratulandolo Nerone redivivo, imperatore decaduto ma mai morto, tantomeno suicida, meritevole di tornare nella Domus Aurea. L'ospite fu omaggiato di lira e introdotto al canto. Per i persiani l'illusoria occasione di piegare Roma alla propria volontà, costringendola in una nuova guerra civile.

Presto scaduto nel consenso dei *clientes* mesopotamici, Terenzio finì giustiziato dai padroni di casa – suo figlio Decimo Terenzio Scauriano, tornato alla madrepatria, avrebbe contribuito alla successiva conquista della Dacia. Ma i parti non rinunciarono a tarmare da dentro la pax romana.

Un decennio più tardi offrirono al mondo un altro presunto Nerone, ancora vivissimo, reclamando il vertice dell'impero rivale. Con medesima sfortuna. Onta fissa nella memoria, fino alla contemporaneità.

Negli anni quaranta del secolo scorso, il teheraniano Ahmad Fardid escogitò il termine *gharbzadegi* per protestare contro l'egemonia della filosofia greca antica. Crasi tra il farsi *zadegi* ("intossicazione") e l'arabo coranico *ġarb* ("Occidente"), lascamente rendibile in *occidentosi*, per descrivere il torpore prodotto sui persiani dalle sollecitazioni di ponente. Sollevazione semantica.

Neologismo che nel 1962 divenne titolo di un'opera eversiva scritta e pubblicata clandestinamente nell'Iran dell'ultimo scià dallo scrittore Jalal Al-e-Ahmad.

"Lo *gharbzadegi* è come il colera. O come gli imenotteri nei campi di grano. Avete mai visto come infestano il grano? Dal di dentro. Vista da fuori la spiga è in salute ma è soltanto una patina, come il guscio di una cicala su un albero," travolse i lettori.

Impossibile mancare il messaggio. L'Iran novecentesco doveva estricarsi dal giogo statunitense (e israeliano) per tornare alfiere dell'Altro Mondo, recuperando galloni imperiali. La redenzione imponeva anche di ribellarsi alle macchine, secondo schema luddista apprezzato da Al-e-Ahmad – l'essere umano si concede puntualmente alla contraddizione.

Lette di contrabbando, le righe colpirono i rivoluzionari Ali Shariati e Seyed Ali Khamenei, oggi Guida suprema del paese. Nel 1979 l'Iran trasmutò in Repubblica Islamica, schierata contro ogni declinazione dell'Occidente.

Contro Israele, gemmazione del romanticismo europeo, superiore per taglia militare e atomica. Contro la Turchia, antagonista millenario, geograficamente altrettanto occidentale, scrivente in alfabeto latino da quasi un secolo.

Contro l'egemone statunitense, luccicante *città sulla collina*. Ricambiato in collera da tutti, per terrore della profondissima penetrazione di cui è capace il costume persiano.

Lo sanno bene i turchi, divisi tra sunniti e aleviti. Apparentemente quest'ultimi sarebbero seguaci di Alì, cugino e genero del profeta Maometto, nella corruzione dell'arabo *alaui* علوي ("riguardante Alì"), ovvero sciiti – *alawi* secondo anglofona traslitterazione con "w" in voga da noi. Per decreto governativo, musulmani come gli altri, sebbene parzialmente apostati.

"Se essere alevita significa amare l'onorato Alì, allora sono alevita anch'io," ha obiettato Recep Erdoğan, con malizioso desiderio di cancellare la differenza di milioni di turchi.

Ma la realtà è almeno due volte più complessa. I connazionali li chiamano anche *kızılbaş*, composizione di *kizil* ("teste") e *baş* ("rosse"), risalendo al movimento sufi che concepì la dinastia safavide, generatrice dell'Iran moderno.

Nell'intimità gli aleviti non si definiscono neppure musulmani. Attingiamo alla dichiarazione dei loro rappresentanti, datata 4 luglio 2017. "L'alevismo è credenza vivente basata su una via e regole, che differiscono dalle religioni mosaiche: dall'ebraismo, dal cristianesimo, dall'Islam [...] L'Islam è stato introdotto in questo sistema di credenze soltanto ai fini dell'assimilazione."

Gli aleviti sono popolo volontariamente occulto e forzosamente sincretico, adorante il protoiranico dio Mitra, sotto densa coltre islamica. Furono obbligati dai safavidi a cambiare l'appellativo della divinità, senza abbandonarla.

Nei secoli Mitra divenne al-Khiḍr, misterioso personaggio presente nella Sūra XVIII del Corano, saggio che indicò la retta via al profeta Mosè. Nonché al primo imam Alì.

Per sopravvivere alle persecuzioni ottomane, i riti si fecero miscela di liturgie primordiali. Tuttora la cerimonia di iniziazione alevita è copia di quella mitraica. L'ascensione di Mitra al sole (*Mihradj*) è evocata nella formale ascensione al cielo di Maometto (*isrā' e mi'rāj*). Come con Mitra, la purificazione avviene mediante fuoco (*atashzohr*) e acqua (*abzohr*).

Nel cuore, ne sono consapevoli gli altri turchi (sunniti) che, ultimo esonimo, indicano gli aleviti anche come *zandik* ("eretici"), dalla radice persiano-avestana zan ("conoscere"), spregiativo che i sasanidi applicavano, va senza dire, ai mitraici (e ai manichei). Verità dell'etimo. E della penetrazione identitaria.

La religione mitraico-zoroastriana si rintraccia financo nel cristianesimo armeno, maggioritario nel territorio caucasico dal 301. Laggiù la croce autocefala è sostenuta da fiamme, al suo centro vi è un sole mitriaco che splende, non il corpo di Cristo.

Nascosto sotto la pelle di aleviti (turchi), damasceni, huthi, libanesi, l'Iran manca di confini segnabili su carta. È impero composto di persiani, azeri, curdi, baluci, turcomanni, arabi, lur, qashqai, gilaki, mazanderani. Retto dalla stirpe persiana, con gli azeri di lato, unica etnia allogena ammessa nella classe dirigente – come dimostrato dallo stesso Khāmeneī, di padre turcofono di Khamaneh e madre iranica di Yazd.

Discendenti delle medievali invasioni turciche, gli azeri vivono più in Iran che in Azerbaigian (15 milioni contro 10 milioni), sono maggioranza in quattro province del paese: Azerbaigian occidentale, Azerbaigian orientale, Ardabil, Zanjan. Nonostante l'omofonia, si percepiscono prossimi ai persiani nel costume e nella confessione sciita, centrata su Qom. Orgogliosi d'essere culla dei safavidi, residuo delle genti turcofone che dominarono la Persia, prima di sciogliersi nel resto.

Con la parziale eccezione degli azeri, da secoli i persiani escludono dal cuore antropologico dell'impero gli altri iranici. Anzitutto i curdi, discendenti dei medi che costrinsero gli ateniesi a sfidare il mare, rimasti sunniti per scongiurare l'assimilazione tra i persiani, preferendo la protezione degli ottomani nella cruciale battaglia di Čāldırān (1514), tra le più rilevanti della storia, tuttora discrimine tra i due mondi.

Oggi i curdi cono circa il 10% della Repubblica Islamica, gravitanti sulla penisola araba e sull'Anatolia anziché sull'altopiano interno, sovente marchiati come "infidi".

Stessa sorte per i baluci, 2% della popolazione, abitanti soprattutto la provincia sudorientale del Sistan e Balucistan, al confine con il Pakistan, rimasti largamente nomadi. Prima perseguitati dai sasanidi perché manichei, oggi dai persiani perché sunniti oppure zakri, ossia convinti che il Mahdī sia già apparso tra l'indifferenza generale. Massima blasfemia. La medesima che per secoli i cristiani applicarono agli ebrei.

Il rigetto per ogni cesura tra le epoche ha conservato gli iraniani come antagonisti. Ancora nel Novecento le dinastie locali sono cadute quando giudicate molli nei confronti delle potenze straniere, specie occidentali.

Nel 1925 l'ultimo imperatore cagiaro fu rovesciato perché l'impero aveva subìto le incursioni di russi e inglesi. Nel 1979 i Pahlavī furono esiliati perché alleati degli Stati Uniti, principale soggetto occidentale, e perché favorevoli al nazionalismo anziché all'afflato panislamico, vettore di influenza sulle nazioni vicine. La rabbia si alimentò della contraddizione pedagogica attuata dalla dinastia regnante – autonominata Pahlavi per allacciarsi al medio persiano inciso fino al IX secolo, la prima dal Basso Medioevo di stirpe iranica anziché turcofona.

Abituati alle celebrazioni achemenidi sui libri di testo e alla tv, i giovanissimi e massimalisti persiani, che dalle campagne del Gilan e del Mazandaran approdavano nella capitale, incontravano una società in scadimento post-storico, seduta su mollezze occidentali, il contrario della propaganda monarchica. Grave *clivage* che ne accese il furore, travolgente le iniziali proteste cittadine.

Allora la maggioranza approvò la panislamica missione propalata dagli ayatollah non per estremismo dottrinale, quanto per anelito imperiale, per inseguire nuovamente l'egemonia nel grande Medio Oriente, possibile soltanto attraverso la contiguità religiosa. Convinta di arruolare gli arabi sciiti, afferenti al nucleo persiano perché minoranza nella propria ecumene.

Volteggio incompreso all'epoca (e anche oggi) nei nostri circoli del tennis, deputati a leggere gli eventi in rincuoranti conversazioni sul mondo.

Secondo bollettini del tempo, l'imminente rivoluzione avrebbe generato un regime a metà tra il Devonshire e il cantone di Basilea. Seguirono immancabili appelli per soccorrere i ribelli, impegnati contro il proprio Stato ma raccontato come calato da Saturno contro il sentimento di questi.

Nessuno colse che l'ayatollah Ruhollah Khomeini, futura guida suprema della Repubblica Islamica, aveva la solitudine imperiale inscritta nell'albero genealogico.

A fine Settecento i suoi antenati s'erano stanziati nell'Uttar Pradesh indiano governato dai moghul, scegliendo di rientrare un secolo dopo nel Khorasan per non sottomettersi agli ascendenti inglesi. Ne venne il soprannome di "Hindi" (indiano), attribuito al nonno Ahmad, nativo di Kintur.

Tra i pochi a riconoscere il tono autoctono della rivoluzione vi fu Michel Foucault, filosofo protomarxista (poi rinnegato) a suo agio più con la sovrastruttura che con la geopolitica umana, autoinviato a Teheran per studiare il fenomeno e spiegarlo dalle righe di "Le Monde".

Tre anni dopo aver visitato la californiana Valle della Morte sotto l'effetto di funghi psicotropici, urlando al nulla di sabbia d'aver conosciuto la verità.

"Non ha senso incontrare Khomeini, preferisco rivolgermi alle persone, sul posto,"[1] oppose a chi lo invitava a guidare fino a Neauphle-le-Château, sobborgo parigino dove l'ayatollah risiedeva da ottobre 1978 sotto protezione dell'intelligence francese, anziché volare in Medio Oriente.

Dalle vie della capitale iraniana corrispose che stava per nascere uno Stato di puro profilo persiano, islamista perché universalista. In chiaro: egemonico ed endogeno.

"Impossibile insegnare agli iraniani come vivere." Per somma delusione dei medesimi circoli del tennis (o erano cancellerie?). Un Iran tanto fioco, schiacciato tramite lo scià sull'Occidente, era visione dolorosa per un popolo imperiale.

L'onda di proteste del 2022, l'ultima in ordine cronologico, è stata espressione delle medesime e sconosciute correnti. La richiesta di miglioramenti sociali è dei giovani urbani, intrisi più di cultura laico-imperiale che occidentale. In piazza dopo il 16 settembre, quando la polizia morale uccise, dopo averla accusata d'indossare impropriamente il velo, la ventiduenne Mahsa Amini di etnia curda – quest'ultimo, non un dettaglio.

Animatori del movimento "Donne, vita, libertà", i manifestanti hanno preteso parità tra i sessi, la fine del fondamentalismo islamico, il cambio di regime. Su di loro si è accanita la repressione, con centinaia di vittime, migliaia di arresti, torture, condanne a morte.

Nonostante l'occidentale convinzione di assistere alla trasformazione della civiltà iraniana, molti dei manifestanti sfoggiavano vocazione imperiale.

Anche le donne, eroiche protagoniste degli eventi. Que-

[1] M. Foucault, *Dossier Iran*, Neri Pozza, Vicenza 2023.

ste esaltavano la condizione femminile di epoca preislamica, quando le sasanidi furono artigiane, mercanti, guerriere. Indossavano gioielli di forgia zoroastriana, raffiguranti Faravahar, icona del destino. Promettevano di chiamare le figlie con nomi di epoca achemenide, come Artemes che nel 480 fu il primo ammiraglio donna della storia persiana.[2]

Assieme all'intero movimento, il 29 ottobre 2022 (settimo giorno del mese di Aban) intendevano raggiungere la tomba di Ciro il grande per celebrare la sua trionfale entrata a Babilonia (539 a. C.), al coro di "Iran Vatan-e Mast, Kourosh Pedar-e Mast" ("l'Iran è la nostra patria, Ciro il nostro padre"). Ma sono state interdette dalle autorità, preoccupate dal potenziale eversivo – da anni sono vietati raduni a Pasargade.

Passaggio incredibile se scrutato da qui. Inizialmente irradiata dal Kurdistan interno (Rojhelat) in nome di Masha Amini, la rivolta è stata segnata dalle rivendicazioni delle etnie minoritarie.

A partire da Saqqez, città natale della giovane uccisa, si sono susseguite le proteste, represse dalle Forze di sicurezza. Numerosi politici curdi hanno cominciato a perseguire una maggiore autonomia. Alle manifestazioni si sono uniti gli azeri iraniani, postulando l'insegnamento del turco nelle scuole locali, istanze respinte dal regime per inibire le forze centrifughe.

Piuttosto, negli ultimi mesi Teheran ha ricollocato migliaia di curdi in aree a maggioranza azera per seminare discordia tra le minoranze, affinché non si uniscano contro il ceppo persiano. Misure efficaci, come dimostrato dagli scontri esplosi a causa dell'irredentismo dei curdi inseriti in territori altrui.

Quindi, sono scesi in piazza i baluci con gesti di aperta sfida, con slogan contro le Forze Basij e ritratti di Khomeini

[2] D. Fabbri, *Geopolitica umana*, Gribaudo, Milano 2023.

bruciati. Incontrando la durissima reazione delle Forze paramilitari – il 30 settembre 2022 a Zahedan si sono registrate almeno settanta vittime.

In gravoso silenzio è rimasta la grande maggioranza della popolazione, abitante il paese oscuro. Indifferente alla rivolta, certamente opposta all'importazione della democrazia europea. Questa vorrebbe uno Stato più laico, meno fondamentalista, ma non lo accetterebbe se filoccidentale. Contraria a barattare maggiori libertà con la sottomissione ai nemici di ponente o di levante. Di etnia persiana, riconosce alla Repubblica Islamica la capacità di opporsi all'Occidente, di conservare missione ultraregionale, di impedire alle minoranze di condurre l'impero nel caos.

Ed è questa la principale ragione del fallimento delle proteste. Se la maggioranza si fosse sollevata, la pur feroce repressione non ne avrebbe fiaccato la volontà. Nessuna dittatura resiste senza consenso. Realtà dolorosa ma non per questo meno vera. Risultato: in attesa di un regime diverso ma altrettanto imperiale e solipsista, resta vigente quello panislamico.

In futuro l'Iran sarà mosso da nuove rivolte. Vi saranno altri momenti di violenza, agitazione e repressione. Ma finché la popolazione potrà decidere da sé non produrrà un paese di inclinazione occidentale. Potrebbe distillare un regime meno religioso e più sincretico, dotato di propaganda preislamica, dedito al recupero della mitologia achemenide e zoroastriana, ma mai post-storico, né economicistico. Per fiera alterità dei persiani, per estrema gioventù della popolazione.

Allora la delusione colpirebbe (nuovamente) l'Occidente. Nella nostra lettura, la Persia tornerebbe colpevolmente traviata dalla propaganda – immancabile descrizione degli altri come incapaci di decrittare cosa accade. Anziché approfondire, torneremmo a lamentarci per un mondo che non accettiamo. Beffa nella beffa.

VI.
Israele contro sé

Applicando noi stessi a Israele, scorgiamo lo schema consueto. Destra contro sinistra, ovviamente pressoché identiche alle nostre, con gli immancabili progressisti contro i populisti. Più il solito cattivone al centro della vicenda (Benjamin Netanyahu), ottimo per serate aneddotiche e biografie paraletterarie.

Oppure sintesi parzialmente diversa e speculare: oltre l'ultima guerra a Gaza, lo Stato ebraico sarebbe scosso dallo scontro tra sinistra laica e destra religiosa – l'aggiunta confessionale è il massimo dell'approfondimento disponibile presso di noi.

Scenario perfetto per schierarsi all'ora dell'aperitivo e liquidare la complessità dei fatti in poche sentenze. Quasi Israele, unico soggetto mediorientale dotato di capacità nucleare, in guerra dal 1948, caso d'assimilazione e non di integrazione, fosse paragonabile a un qualsiasi paese dell'Europa occidentale.

Di nuovo, conviene scendere nell'*ethos*, sporcarsi degli altri – pendio doloroso che impone il capovolgimento degli stereotipi.

In massima sintesi, cosa sta succedendo: Israele sta volgendo verso levante. Finalmente in sintonia con il contesto ancestrale, oltre i bemolli di derivazione diasporica, i lasciti di provenienza occidentale. Sciolto nel continente d'origine, popolo orientale in terra d'Oriente. Per dimensione culturale, dunque religiosa.

Seppure fondato da laici di formazione europea, oggi lo Stato ebraico deve la crescita demografica ai cittadini di ascendenza mediorientale, spesso coloni, cui si aggiungono gli ultraortodossi. Divenuti maggioranza e reclamanti il potere.

Rovesciamento antropologico: il futuro d'Israele sarà deciso dai ceppi giunti dopo l'indipendenza o che rifiuta(va)no il sionismo. Estranei al disegno dei padri fondatori, a lungo emarginati dall'élite di tradizione europea, con la Torah (תורה) come massima fonte di conoscenza e giurisprudenza, contrari alla tutela delle minoranze, incuranti della nostra opinione.

Per loro volontà, nei prossimi anni Israele potrebbe rinnegare la matrice europea, abiurare la divisione tra Stato e rabbinato, collocare la religione sopra il diritto civile, annettere (parzialmente) la Cisgiordania, mitopoietica terra dei padri.

Non sarà più massimalista perché eternamente in guerra, potrebbe diventare post-occidentale. Palingenesi contro cui è schierato il paese originario, puntellato dagli apparati, consapevole del momento ma mancante sul piano demografico.

Il sionismo fu fenomeno profondamente europeo. Teorizzato dall'ungherese germanofono Theodor Herzl in piena esaltazione romantica, per offrire agli ebrei della diaspora la medesima indipendenza centrata da italiani o greci, in nome dell'autodeterminazione. Nei suoi fogli, una *nazione* vecchia/nuova conversante nell'alto tedesco, nel frattempo divenuto lingua ufficiale del Reich guglielmino.

Non in ebraico, idioma abbandonato da millenni nell'uso quotidiano, da Herzl ritenuto impossibile da disseppellire.

"È necessario fondare uno Stato evoluto, dove il nostro popolo possa vivere soltanto del suo lavoro, scongiurando ogni tendenza teocratica, tenendo i rabbini nelle sinagoghe come teniamo i soldati nelle caserme,"[1] stabilì nel 1896, prima di coniare (involontariamente) il nome della metropoli nazionale, Tel Aviv, "Collina di primavera" nell'antica lingua semitica (תל- אביב), poi costruita secondo dettami geometrici dell'ultrasassone Bauhaus.

Portatori di ideali rivoluzionari e socialisti, massimo precipitato d'Occidente, i primi sionisti vollero obliterare gli stereotipi dei gentili forgiando un nuovo ebreo. Non più imbelle, timorato di Dio, occupato soltanto nel commercio. Ma dedito alla coltivazione della terra, spudoratamente agnostico, incline a fare la guerra.

I padri fondatori furono tutti di origine laica e askenazita, ovvero provenienti in senso largo dall'Europa centro-orientale – nel Talmud, *Ashkenaz* (אשכנז) designa la Germania renana. Approdati alla terra promessa, in molti trasformarono in semitico il proprio cognome. Tra questi: il polacco David Ben Gurion, all'anagrafe David Grün; Ze'ev Jabotinsky, Golda Meir e Levi Eshkol rispettivamente nati Vladimir Zabotinsky, Golda Mabovitch, Levi Shkolnik nell'attuale Ucraina; Shimon Peres ed Eliezer Ben Yehuda, già Szymon Perski ed Eliezer Perlman provenienti dalla Bielorussia; Yigal Allon e Ariel Sharon venuti al mondo da genitori russi nel futuro Israele come Yigal Peikowitz e Ariel Scheinermann.

Questi riconobbero al rabbinato la capacità di stabilire l'idoneità del cibo (*kasherut*; כשרות) e negarono il matrimonio civile, ma imposero la preminenza del diritto secolare sulla Bibbia, con netto *clivage* tra politica e religione.

"Nel nascente Israele la religione era soltanto l'amante di un paese intrinsecamente ateo," disvela il filosofo Yeshayahu Leibowitz.

Tra gli estensori della dichiarazione di indipendenza israe-

[1] Cfr. T. Herzl, *Der Judenstaat*, Leipizig-Wien 1896.

liana vi fu un solo rabbino, Yehuda Leib Fishman. Questi propose l'inclusione della massima "riponiamo la nostra fiducia nell'Onnipotente". Poco convinto, Ben Gurion suggerì di sostituire "Onnipotente" con l'espressione "roccia d'Israele", (*Tzur Yisrael*; צור ישראל), tratta dal XIX capitolo del Libro dei Salmi, ma interpretata come secolare riferimento alla terra finalmente recuperata e al futuro esercito nazionale.

Tentativo disperato, Fishman pregò i colleghi almeno di aggiungere l'espressione "redentrice". "Se trovo un solo riferimento spirituale, io non firmo," gli urlò contro Aharon Zisling, futuro ministro dell'Agricoltura, archiviando la questione.

L'atto di nascita fu espunto della dimensione religiosa. Israele si palesò per unica volontà dei laici (spesso atei).

All'epoca quasi non vi erano ebrei sefarditi – nel Talmud, Sefaras (ספרד) è il nome della Spagna. Da secoli residenti nel Levante, in Medio Oriente e nel Nord Africa dopo l'espulsione dalla penisola iberica (1492), non parteciparono all'impresa sionista.

Ma ne vissero gli effetti sulla pelle. Con l'avvento dello Stato ebraico, furono espulsi dai propri paesi in protesta per l'*occupazione* della Palestina. Tra il 1948 e il 1978 quasi un milione di questi emigrò in Israele, proveniente specie dall'Iraq, dal Marocco, dall'Algeria, dall'Egitto.

Ritenuti immigrati di dignità inferiore, pure se i loro cognomi non necessitavano di adattamento orientale, furono oggetto di spudorato disprezzo, collocati in miserabili tendopoli (*Ma'abarot*; מעברה), obbligati a radersi i capelli "per ragioni igieniche", spruzzati di insetticida dai funzionari dell'immigrazione.

Di fervente cultura religiosa, sovente di madrelingua araba, contestavano il laicismo della classe dirigente. Discriminati, scivolarono negli strati più bassi della piramide sociale. Subirono perfino il rovesciamento del demotico.

Il termine sefarditi, letteralmente "provenienti dalla Spagna", dunque da Occidente, suonava inesatto alla popolazione askenazita che si percepiva occidentale.

Si omologò una nuova dizione. Con plateale piglio razzista, i nuovi arrivati furono appellati *mizrahim,* ossia "orientali" (*mizrah*, מזרח, è Oriente in ebraico), provocando il risibile inganno di chiamare levantini gli ebrei marocchini o tunisini, geograficamente più a ovest di polacchi o russi.

Senza colpirne l'orientamento liturgico, tuttora celebranti il rito sefardita, compresi gli ebrei di origine yemenita o falascià. Negli anni nacque il movimento di emancipazione *mizrahi*. In seguito al pestaggio da parte della polizia di un cittadino di origini marocchine a Uadi Salib (Wadi in nostra traslitterazione anglofona), uno dei quartieri sefarditi di Haifa, nel 1959 deflagrò l'ira. Centinaia di rivoltosi assediarono e saccheggiarono l'abitato askenazita di HaCarmel.

Nel 1971 si formarono le locali Pantere nere (*HaPanterim HaShkhorim*), organizzazione a metà tra eversione e politica. "Non sono persone gradevoli,"[2] urlò Golda Meir dopo aver ricevuto richiesta di rinominare Piazza Sion, a Gerusalemme, in Piazza degli ebrei sefarditi.

Intanto la Guerra dei Sei giorni alterava l'assetto interno. Conquistati il Sinai, la Cisgiordania, la striscia di Gaza, le alture del Golan, Gerusalemme Est, i successivi governi vidimarono la colonizzazione dei nuovi territori. Per ottenere maggiore profondità difensiva, per avvicinarsi alle antiche Giudea e Samaria.

I primi insediamenti spuntarono in Cisgiordania, tra Betlemme ed Hebron. Quindi in tutti i Territori occupati. A ingrossarli, cittadini israeliani di umile estrazione alla ricerca

[2] Citato in *Israeli "Black Panthers" Meet with Prime Minister Meir to Discuss Mizrahi Jews*, Center for Israel Education, 13 aprile 1971.

di una sistemazione più economica, dunque *mizrhai*. Assieme a questi, ebrei ultraortodossi, animati da ardore confessionale.

Al momento dell'indipendenza (1948), in Israele gli ultrareligiosi erano poche centinaia. Nati nel XVIII secolo tra Polonia e Germania, detti in ebraico *haredim* (החרדים), "coloro che tremano al cospetto della parola di Dio", si opponevano alla creazione dello Stato sionista. Persuasi che gli ebrei dovessero tornare alla collina primigenia soltanto con l'avvento del messia, che fosse immorale usare il sacro idioma ebraico nelle miserie del quotidiano. Principalmente askenaziti, con risicate sezioni sefardite, preferivano rimanere in Europa e conservare la madrelingua yiddish, dialetto del tedesco renano screziato di prestiti slavi, scritto in alfabeto semitico.

Fu la catastrofe della Seconda guerra mondiale a spostare la parabola di questi. Ormai senza scelta, gli ultraortodossi sopravvissuti all'olocausto, appena il 20% del totale, presero a emigrare in Israele (e negli Stati Uniti).

Si stanziarono soprattutto nelle periferie di Tel Aviv e di Gerusalemme, tra Bnei Brak, sobborgo a otto chilometri dalla costa, e Mea Shearim, ai margini della città santa.

A distanza dagli altri, restii all'assimilazione. Allora numericamente irrilevanti, ricevettero dallo Stato l'esenzione dal servizio militare, per dedicarsi allo studio della Torah, nel pregiudizio che sarebbero rimasti esigua minoranza.

Calcoli poi scoperti erronei, origine degli sconvolgimenti odierni. Assai prolifica, in meno di sessant'anni la popolazione né askenazita, né laica è aumentata a ritmo formidabile, fino a diventare maggioranza. Oggi i *mizrahim* costituiscono il 62% della cittadinanza locale, gli *haredim* il 13%, con tassi di fertilità quasi doppi rispetto agli altri, tendenti al 68% e al 29% del totale entro il 2040.

Neppure l'arrivo degli immigrati post-sovietici, oltre un milione di nuovi cittadini esclusivamente askenaziti e laici bordeggianti l'ateismo, ha bilanciato tale aumento. Per accogliere

120 mila ultraortodossi, dal 2023 nel deserto del Negev è in costruzione la città di Kasif.

Intanto i coloni sono diventati almeno mezzo milione, in un paese composto di 9 milioni di abitanti. Di questi circa il 42% è *haredi*, con maggioranza schiacciante nei due insediamenti più popolosi, Modi'in Illit e Beitar Illit.

Contorni della mutazione non occidentale e clericale della società israeliana, indicata come *hadata* in ebraico (הדתי). Almeno da un decennio la popolazione si definisce conservatrice per il 69%, percentuale lontanissima rispetto agli albori della nazione. E i *mizrahim* si dichiarano religiosi per l'80%, contro il 29% degli askenaziti. Impossibile conservare la matrice iniziale davanti a questi numeri. Per dirla con Amos Yadlin, "l'Israele che fu non tornerà".[3]

Nel 2015, il presidente Reuven Rivlin (ashkenazita, va senza dire) raccontò la popolazione israeliana come divisa in quattro tribù, confitte in esistenze parallele, ognuna centrata su una propria capitale.

I laici stanziati su Tel Aviv, discendenti dei primi sionisti, intestatari della storia patria; i nazionalisti religiosi, gravitanti su Efrat, simbolico ombelico degli insediamenti cisgiordani, artefici della fusione tra ebraismo e sionismo; gli ultraortodossi gravitanti su Bnei Brak, inizialmente antisionisti, poi israeliani *obtorto collo*; gli arabi israeliani, coagulati su Umm al-Fahm, nel distretto di Haifa, nipoti dei palestinesi che rimasero nella propria terra al termine della *nakba* (النكبة), la "catastrofe" che germinò lo Stato ebraico.

Comunità anche dette *hilonim*, "secolari" (חילונים); *datiim* (דתיים), da *dati leumi* (דתי לאומי), "nazionalisti religiosi" o *kippah seruga* (כפה סרוגה), "kippah cucite" in riferimento al coprica-

[3] Citato in *Israel on fire: A legal slippery slope to national disintegration*, "The Cradle", 27 marzo 23.

po perennemente indossato; oltre agli *haredim* e agli *aravim* (ערבים), "arabi d'Israele".

Atlante suggestivo, quanto inesatto, seppure preso per definitivo in Occidente. Probabilmente per volontà di mascherare le criticità interne, l'allora capo dello Stato escluse dall'analisi la matrice etnica, omettendo come i laici siano essenzialmente askenaziti e i sionisti religiosi soprattutto *mizrahi*. Non volle illuminare l'odierna unione tra orientali e ultraortodossi, gruppi assenti all'alba del sionismo.

Principali artefici del tempo corrente, anelanti una nuova fondazione. Più di tutto, intendono archiviare gli askenaziti come ceppo dominante – finora non vi è mai stato un premier israeliano non askenazita e appena tre presidenti della Repubblica di origine sefardita su undici. Pretendono che la legge religiosa, *halakha* (הלכה), informi l'intera vita nazionale, senza ingerenze "di ispirazione politica", senza distanza tra Stato ed ebraismo, sopra la divisione dei poteri o le decisioni degli apparati.

Non più amante, la religione dovrebbe costituirsi legittima sposa dello Stato. Superamento della democrazia occidentale in favore della teocrazia orientale – nel 2024 il 63% degli *haredim* si dichiarava "non conforme" alle istituzioni originarie.

Nucleo del laicismo, le forze armate dovrebbero cedere centralità, finalmente esonerate dal governare i Territori occupati, affidati alle autorità civili, ovvero religiose, possibilmente affiancate da specifica milizia, alternativa all'esercito.

Il territorio nazionale dovrebbe contemplare l'intera Cisgiordania o almeno le aree B e C assegnate all'amministrazione congiunta e israeliana dagli accordi di Oslo, con Gerusalemme "capitale indivisibile". Fine di ogni ipocrisia sulla possibilità dei due Stati. Senza badare alle proteste di americani ed europei, Occidente cui i nuovi israeliani non sentono di appartenere. Non per storia, né per cultura.

Prodromo della campagna in corso fu nel 2018 l'approvazione della legge sulla nazionalità. Vivamente sostenuta dalla maggioranza sefardita e ultraortodossa, segnalò il proposito di fissare la gerarchica superiorità degli ebrei, in vista della formale annessione della Cisgiordania e dei milioni di arabi che vi vivono.

In sintonia con la grammatica imperiale che prescrive l'esistenza di un ceppo apicale, specie se residente tra gli allogeni.[4]

Nelle elezioni di marzo 2020 il medesimo annuncio di incorporare i Territori occupati valse la vittoria di Netanyahu e dello sfidante Benny Gantz, d'accordo nell'avvicendarsi nel ruolo di primo ministro – ennesima prova dell'inutilità delle elezioni per comprendere uno specifico contesto.

A livello sovrastrutturale il nuovo Israele ha trovato voce in Otzma Yehudit, "Potere ebraico" e HaTzionut HaDatit, "Partito sionista religioso". A guidare i partiti due perfetti esponenti dell'inedita maggioranza etnica.

Itamar Ben Gvir, discendente di immigrati iracheni e curdi, padre di cinque figli, avvocato residente nella colonia di Kiryat Arba, gemella della città di Hebron. Seguace del rabbino Meir Kahane che negli anni ottanta proponeva la sostituzione del sistema democratico con uno Stato confessionale di calco biblico, ha consacrato la carriera alla difesa dei coloni accusati di violenza contro gli arabi.

Belazel Smotrich, ministro delle Finanze, sabra askenazita ma cresciuto nell'insediamento religioso di Beit El, in Cisgiordania, abitato in maggioranza da immigrati egiziani, etiopi, indiani, stipati nelle roulotte. A sua volta avvocato e padre di sette figli, dichiaratamente certo non esistano popolo, storia e lingua palestinesi.

Entrambi sono latori di riforme per annullare il laicismo di Stato.

[4] Cfr. D. Fabbri, *Geopolitica umana*, Gribaudo, Milano 2023.

Vorrebbero consentire al parlamento di nominare i membri della Corte suprema e capovolgerne le sentenze con un voto a maggioranza semplice.

La massima magistratura è rea d'aver congelato gli insediamenti e aver riconosciuto l'obbligo per gli *haredim* di prestare servizio militare come gli altri cittadini, pure in assenza di uno Stato religioso.

Vorrebbero riconoscere la preminenza giuridica dei tribunali rabbinici, finora competenti soltanto nel diritto di famiglia. E creare una milizia (da affidare a Ben Gvir). Avviamento di una rivendicata teocrazia.

Nuovo corso formalmente presieduto da Bibi Netanyahu, ebreo quasi ateo, di pure origini askenazite (vero cognome, Mileikowsky), inseritosi tra sefarditi e ultraortodossi per restare sulla scena politica e schivare quella galera dove potrebbero tradurlo i numerosi capi di imputazione penale. Accettato nel campo altrui per impareggiato equilibrismo e dopo pubblica ammenda.

"Forse in buona fede, ma siamo mancanti nei confronti dei *mizrahi*, specie sulla questione dei bambini yemeniti,"[5] ha ammesso con riferimento alla scomparsa dai centri di immigrazione di centinaia di neonati provenienti dalla penisola arabica. Sparo nel buio.

Contro tutto questo è schierato l'Israele laico e iniziale. Apparentemente per odio verso il (velleitario) *dittatore* Netanyahu, la figura meno potente della vicenda, altra distorsione della politologia leaderistica.

Nel 2023 600mila persone sono scese in piazza contro "la deriva levantina", circa il 7% della popolazione nazionale. Di censo elevato, preoccupate anche dai danni economici dell'e-

[5] Citato in *Government expresses "regret", will compensate for disappeared Yemenite children*, "The Times of Israel", 22 febbraio 2021.

ventuale isolamento occidentale. Tra i manifestanti, migliaia di riservisti delle forze armate, Tsahal, in acronimo (צה"ל), riluttanti nel rispettare gli ordini di "una bigotta autocrazia". Renitenza potenzialmente decisiva in un paese sempre in guerra, specie dopo l'attacco subìto il successivo 7 ottobre.

"Quando si registra un passaggio autoritario, gli apparati si sfaldano,"[6] ha ammonito Nadav Argaman, già capo del Servizio di sicurezza generale, Shin Bet, per sigla delle prime due lettere, l'Agenzia di sicurezza interna.

"Per molti di noi questa è la seconda guerra di indipendenza,"[7] ha rilanciato l'ex capo dell'esercito Dan Halutz.

La nuova versione di Israele sfoggia un suo approccio al mondo.

Vuole agire senza ritegno per le aspettative euro-(nord) americane. Non contempla la battaglia contro le autocrazie che gli Stati Uniti pretendono abaco della propria azione, financo discrimine per leggere le relazioni internazionali (quasi fossimo in Accademia).

Vuole affidarsi al Talmud, libro sacro dell'esegesi ebraica, per percorrere una propria strada. Specie alla figura di Rabbì 'Achivà, risalente al I secolo dell'era volgare, esempio oltre il tempo. Vale la pena vedere perché.

Racconta il testo che 'Achivà visitò il paradiso con altri tre sapienti: Ben Abuyà, Ben 'Azzai e Ben Zomà. Ciascuno incarnava uno specifico atteggiamento verso l'occupante romano. Ben Abuyà proponeva la collaborazione attiva, Ben 'Azzai la morte passiva, Ben Zomà la fuga nella meditazione, Rabbì 'Achivà la resistenza attiva.

[6] Citato in *Hundreds of Elite Israeli Reservists Say They Are Joining Judicial Protests,* Reuters, 19 marzo 2023.

[7] Citato in *Israel on fire: A legal slippery slope to national disintegration*, The Cradle, 27 marzo 2023.

Chiosa il commentatore medievale Rashi: "Pronunciarono un nome sacro e si ritrovarono in cielo, nelle sfere dove alberga la presenza divina, trascendente e nascosta (Shekhinà)".[8] Dei quattro, soltanto Rabbì 'Achivà tornò sano e salvo nel nostro mondo.

Ben Zomà e Ben 'Azzai desideravano conoscere le origini della creazione, il primo perse la ragione, il secondo la vita. Ben Abuyà considerava solo il presente e smarrì la fede – ammettiamo, in punta di penna, d'aver sempre avuto aperta simpatia per quest'ultimo, successivamente declassato nel testo all'innominato *acher* (אחר), "quell'altro". Soltanto Rabbì 'Achivà scrutava l'avvenire, sicché sopravvisse intonso.

A una prima lettura, ordinaria allegoria sulla lungimiranza.

Ma il Talmud è assai più complesso di così. Rabbì 'Achivà riconobbe come salvatore il falso messia Bar Kokhbà, il generale che guidò la ribellione contro i romani, cagionando l'annientamento del popolo ebraico. Massima blasfemia.

Eppure fu probabilmente il saggio che Dio apprezzò di più, tanto da provocare l'anacronistica gelosia di Mosè, sempre vincitore nelle dispute di cui è disseminata l'halakhah, uno dei dieci martiri della fede celebrati nel giorno di Kippur.

A Mosè che, leggendo il futuro, ammise di non comprendere la vicenda, Dio stesso ordinò un severo "*shtok!*" (taci!).

La determinazione di Rabbì 'Achivà nel battersi per la difesa della terra d'Israele resta impressa nella memoria ebraica, nonostante il suo errore – fu giustiziato dai romani senza alcun intervento divino. Gli esegeti concordano: Rabbì 'Achivà accolse Bar Kokhbà pur ritenendolo un impostore. A persuaderlo, la speranza di accelerare l'escatologico inserimento del creatore, con il popolo eletto annientato dall'egemone.

[8] Cfr. E. Wiesel, *Maestri e leggende del Talmud*, Giuntina, Firenze 2020.

Rabbì 'Achivà sfidò l'onnipotente per salvare la nazione. E fu sconfitto.

Ma perdere con Dio resta onorevole, specie in nome d'Israele, la più alta delle cause. Sfogliato d'ermeneutica ebraica, esempio di probità per gli ebrei orientali e per gli *haredim*,[9] fino al parossismo.

Ulteriore preoccupazione per il patron statunitense, conscio del mutamento in fieri. "Siamo angosciati da cosa sta accadendo in Israele. Non è possibile continuare così," ha obiettato Joe Biden.

"Affidare il ruolo di ministro della Sicurezza a Ben Gvir è come nominare ministro della Giustizia degli Stati Uniti un membro del Ku Klux Klan,"[10] ha rincarato Rick Jacobs, rabbino capo riformato degli Stati Uniti, inserendosi per liberare Washington da possibili accuse di antisemitismo.

In entrambi i casi, secca la reazione del Netanyahu 4.0 (o 5.0?). "Israele è un paese sovrano che decide secondo la volontà del popolo e non su pressione esterna, neppure se proveniente dal migliore degli amici,"[11] ha protestato, ergendosi a mistagogo dei rapporti tra potenze al cospetto dei suoi novizi compagni di coalizione.

Il nuovo è già principiato. Da alcuni anni e nella guerra di Gaza.

Pure su imbeccata degli Stati Uniti, inizialmente poco attenti al fronte interno israeliano, nel 2020 Gerusalemme ha siglato i cosiddetti Accordi di Abramo con Emirati Arabi Uniti e Bahrein, monarchie liberticide dalla pervasiva propaganda, estesi anche a Sudan e Marocco – più l'Arabia Saudita, regno

[9] Cfr. *Se brucia Israele*, "Domino", n. 4, 2023.

[10] Citato in *US Reform chief: Ben Gvir as police minister akin to KKK leader as attorney general*, "The Times of Israel", 20 novembre 2022.

[11] Citato in *Israel's Netanyahu rejects Biden's call to "walk away" from judicial overhaul*, "The Guardian", 29 marzo 2023.

feudale e patrimoniale, firmatario a matita. Ufficialmente, il semplice riconoscimento diplomatico tra le parti, nei fatti il contenimento ai danni dell'Iran – ne scriveremo più avanti.

Nella storia è già capitato che Israele pasteggiasse con autocrazie nazionaliste o monarchiche, come Egitto o Giordania – quest'ultima esistente per suo esclusivo capriccio. Ma in questa fase non si premura di edulcorare i fatti. Sentire smaccato, in sintonia con la popolazione. Foriero di notevoli pericoli.

Pure dotato di eccezionali capacità belliche e tecnologiche, lo Stato ebraico necessita della copertura militare e diplomatica degli Stati Uniti. Anche Washington ha bisogno del socio sionista per costruire un equilibrio di potenza che impedisca a Iran e Turchia di dominare il Medio Oriente, ma la relazione è ovviamente sbilanciata.

Israele non può vivere senza l'America, il contrario è possibile.

Il progressivo abbandono dell'impianto democratico può minare la narrazione dello Stato ebraico, già ampiamente scaduta durante la controffensiva a Gaza, non solo in Occidente. Impero almeno dal 1967, giacché esteso anche su territori abitati da una popolazione in maggioranza allogena, dalla nascita ostenta (genuina) differenza dai vicini ("unica democrazia del Medio Oriente") per convincere la propria cittadinanza e l'Occidente di operare in nome del bene.

La fisionomia orientalista potrebbe privarlo di tanto appiglio, causando l'ulteriore scollatura tra le sue anime e la plateale inimicizia delle principali cancellerie europee – l'ostilità del resto del mondo è da tempo lampante.

La (parziale) uscita dall'Occidente non consentirebbe neppure di superare lo stigma di potenza coloniale affibbiato ai suoi danni dai governi limitrofi, presunto beneficio invocato dai sostenitori del cambiamento interno.

Per i vicini mediorientali resterebbe un soggetto alieno e

abusivo, pure dotato di un impianto istituzionale improvvisamente familiare. Mentre la limitata annessione della Cisgiordania lo esporrebbe alla bomba demografica palestinese.

Milioni di nuovi cittadini (emarginati) presenti nel corpo della nazione. L'imponderabile in casa. E per invito del padrone.

Poco conta. La maggioranza degli israeliani vuole cambiare fibra. E il processo potrebbe durare decenni. Punto di non ritorno nel lungo inclinare verso Oriente.

VII.
Il senso del Medio Oriente

Il Medio Oriente odierno è scrutato attraverso la questione israelo-palestinese. Per mancanza di interpretazione o per (legittima) partecipazione nella vicenda di due popoli intrecciati e doloranti. Ma, specie in Occidente, l'aderenza a Israele è spesso per ragioni di politica interna. E agli altri arabi interessa poco delle sofferenze dei palestinesi, sventolate in forma strumentale.

Più concretamente, nel nostro tempo la regione è scossa dalla disfida tra iraniani e israeliani per l'egemonia locale. Con la causa palestinese mero contenitore dell'antagonismo bilaterale.

L'attacco ordito il 7 ottobre 2023 contro lo Stato ebraico dai palestinesi di Gaza tradiva venature persiane. Doppia l'agenda di Hamas. Per suo interesse, puntava a tirare verso sé i "fratelli" di Cisgiordania, riaccendendo l'orgoglio nazionale. Per fedeltà a Teheran, intende(va) umiliare la deterrenza del vicino, sconsigliando le monarchie arabe di lasciarsi difendere da Israele.

Su questo punto le ostilità hanno trasceso la prossimità per assumere respiro planetario. Attraverso l'agente palestinese, l'Iran persegue numerosi obiettivi tattici. Trasformare nuovamente Israele in paria, costringendolo a reagire duramente contro i palestinesi. Obbligare le monarchie del Golfo ad accettare le istanze della Repubblica Islamica, loro principale nemica. Privare la Turchia della missione panislamica, reclamata dagli ayatollah tramite posticcio sostegno offerto ai palestinesi, cantata madre di tutte le battaglie – soltanto gli occidentali possono pensare i persiani sentimentalmente coinvolti nei dolori degli arabi. Financo esiliare gli Stati Uniti, mentalmente già spostati su altri fronti, troppo stanchi per battersi con il tangenziale attore sciita.

Viceversa, Israele vuole conservarsi massima potenza regionale, l'unica dotata dell'arma atomica, impegnata a dominare il territorio tra il mare e il fiume Giordano, nell'impossibilità di fidarsi dei vicini, pronti nei decenni a colpire la costruzione sionista in nome dei palestinesi.

Inerzialmente l'ultima crisi mediorientale s'è inserita nel globale momento di egemonia contrastata, come verbalmente significato da Mosca e Pechino, pronte a giocare altrove gli eventi di Gaza. Con partecipazione degli huthi, yemeniti afferenti al campo iraniano, capaci di disvelare la fragilità della globalizzazione marittima, resa nell'invito ad agire contro di essi recapitato dal Pentagono agli europei, benché in ballo vi sia l'emblema stesso della supremazia statunitense.

Massimi antagonisti, un tempo israeliani e iraniani furono amici. Già nel 1950 lo Stato imperiale d'Iran riconobbe di fatto lo Stato ebraico, aprendo dieci anni dopo a Tel Aviv una rappresentanza diplomatica fintamente segreta, corrisposta a Teheran dai sionisti. Gli scambi furono intensi. Gli israeliani acquistavano petrolio che ripagavano con manufatti e armamenti. El Al, la compagnia aerea della Stella di David, volava regolarmente su Teheran, dove brillava al sole una prestigiosa scuola israeliana – ve ne era un'altra soltanto negli Stati Uniti.

Golda Meir incontrò almeno una volta lo scià Reza Pahlavi, e il Mossad contribuì alla nascita del feroce Savak, il servizio di sicurezza interna del regime.

"Le feste di Purim organizzate a Teheran furono le migliori della nostra vita," ricordano gli israeliani che agirono laggiù. Con costumi carnevaleschi, Purim celebra la regina Esther che scongiurò il genocidio degli ebrei persiani.

Neppure le opposte tradizioni millenariste guastarono l'idillio. La miccia di un'intesa molto consumata e poco dichiarata non fu certo religiosa. L'Iran vantava la più grande popolazione ebraica della regione, ma questa rifiutava largamente di compiere l'*aliyah*. "Non ci conviene essere minoranza tra ebrei ashkenaziti," ripetevano i rappresentanti della comunità agli israeliani, contestando il ceppo dominante del nuovo Stato.

A unire i due paesi, dal 1967 entrambi imperi seppure di opposta anzianità, il riconoscimento degli arabi come nemico comune. Più volte aggredito da Egitto, (Trans)Giordania, Siria e Iraq, Israele inclinava verso la popolazione indoeuropea della regione, distinta dagli altri semiti seppure musulmana. Medesimo ragionamento per l'Iran, da decenni preoccupato del soffocamento imbastito dagli arabi ai suoi danni, specie dall'Iraq baathista, allora dominato da sunniti e cristiani a scapito degli sciiti. "Nonostante gli sforzi, gli arabi non saranno mai amici dei persiani. [...] La reciproca affinità ci obbliga a segnalare quanto sappiamo dei tentativi di danneggiare gli interessi vitali dell'impero iraniano,"[1] si legge in un cablogramma inviato nel 1971 al ministero degli Esteri dalla sede israeliana di Teheran.

David Ben Gurion soleva disegnare sui tovaglioli dei ristoranti un'alleanza antiaraba, detta "della periferia", contem-

[1] Cfr. E. Mack, *The Unwritten History of Israel's Alliance with Iran's Shah Dictatorship*, art. cit.

plante anche Turchia ed Etiopia. Che tempi. Probabilmente Israele accompagnò l'alleato verso la soglia nucleare. In un frammento del documentario *Prima della rivoluzione (Before the Revolution)*, il regista Dan Shadur domanda a Nachik Navot, capo del Mossad a Teheran dal 1969 al 1972, chi abbia aiutato il governo persiano a lanciare il programma atomico.

"Il cielo," si schermisce Navot, spostando lo sguardo dall'obiettivo.

Il male condiviso produce reciproca simpatia. Dall'alba della storia. Al termine di un secolo che ne aveva minato i convincimenti, i persiani apparivano deboli. Nel Novecento erano stati dapprima umiliati dai russi e dagli inglesi, ragione del misconoscimento dei Cagiari, poi avevano subìto la manovra della Cia contro l'autarchico regime presieduto da Mohammad Mossadeq.

Quindi avevano accettato l'insediamento dello scià, ostentatamente imperiale eppure strumento degli americani contro i russi, più pericolosi degli anglosassoni perché geograficamente vicini. Come analizzato, una condizione che non poteva durare a lungo.

Un Iran tanto sbiadito, schiacciato sull'Occidente, era visione inaccettabile per un popolo tanto imperiale.

Alla fine degli anni settanta, le circostanze raggiunsero il punto di non ritorno.

Determinata a recuperare gli arabi sciiti, afferenti al nucleo persiano perché minoranza nella propria comunità linguistica, la nascitura Repubblica Islamica non necessitava più di Israele. Anelante l'egemonia regionale per ritrovata attitudine popolare, abbandonò gli Stati Uniti, rischiando un'eccessiva vicinanza con la Russia sovietica. Piccolo e Grande Satana assursero rapidamente a nuovi nemici, causa di ogni male.

Per capovolgimento, Teheran incontrò il favore dei sovietici già nell'immediata guerra con l'Iraq. La traiettoria del Medio Oriente s'arcuò.

Se ne accorsero nottetempo gli israeliani, non più grati in Persia. "Con l'avvento dell'imam Khomeini non ci sarà spazio per noi,"[2] profetizzava un altro cablo redatto in fine del 1978. Gran parte degli ebrei lasciò l'Iran, preferendo Los Angeles a Tel Aviv. Da allora è guerra.

Annunciata dagli assalti della folla di Teheran contro l'informale legazione altrui, proseguita negli anni con la minuziosa uccisione degli scienziati nucleari iraniani, con i combattimenti tra Tsahal, le forze armate israeliane, e gli agenti persiani (specie Hezbollah), con la vicinanza tra Israele e Azerbaigian, Turchia sciita vivente dentro la Repubblica Islamica.

Negli anni, Teheran e Gerusalemme si sono spartiti gli arabi. Iracheni, libanesi, siriani, yemeniti sciiti, più Hamas, con l'Iran – specie dopo il disastroso intervento americano a Baghdad. Sauditi, emiratini, bahreiniti, egiziani, giordani con Israele.

Fino allo scontro corrente. Salto di qualità, inasprito dal parziale disimpegno di Washington.

Quando, al principio di questo decennio, gli americani decisero di concentrarsi sull'Indopacifico – allora non immaginavano la successiva offensiva russa in Ucraina –, affidarono a Israele il contrasto della Repubblica Islamica, suggerendo alle principali monarchie del Golfo di stringersi allo Stato ebraico tramite accordi di mutuo riconoscimento. L'atomica gerosolimitana in sostituzione del Pentagono.

Tra il 2020 e il 2022 Bahrein ed Emirati Arabi Uniti, più Sudan e Marocco, siglarono i cosiddetti Accordi di Abramo, su carta intestata della Casa Bianca. Secondo narrazione statunitense, picco di pacifismo tra semiti, robusto passo verso la pace (ultra)terrena compiuto da pittori della domenica.

[2] Citato in E. Mack, *The Unwritten History of Israel's Alliance with Iran's Shah Dictatorship*, Global Research, 30 giugno 2019.

Nell'orbe terracqueo, composizione del contenimento anti-iraniano, retto su Israele. Cui stava per unirsi anche l'Arabia Saudita.

Proprio nell'estate del 2023 il principe ereditario saudita, Moḥammad bin Salmān, Mbs per amene ragioni di marketing, ritrasse pubblicamente Gerusalemme e Riad come "ogni giorno più vicine nel demolire le mura dell'inimicizia" e creare "un corridoio di forniture energetiche, linee ferroviarie e connessioni in fibra ottica verso l'Asia, attraverso Giordania ed Emirati Arabi Uniti".[3]

Troppo per l'Iran, gravemente isolato da un tale sviluppo, nonostante il tentativo di dialogo con Riad condotto con mediazione cinese. Quasi inevitabile il tentativo di rompere l'asfissia. Assegnando l'azione alla palestinese Hamas, teoricamente estranea all'impero persiano, giacché araba e sunnita. Ma ignorata dai suoi vicini, pronti a salvaguardare la dignità dei palestinesi solo nei discorsi ufficiali, con l'eccezione del Qatar e inizialmente di Israele, per anni convinto di dividere il fronte palestinese elevando il partito allora guidato da Isma'il Haniyeh.

Classico caso di due solitudini che si incontrano per assenza di alternative, il partito che regge(va) Gaza è stato adescato dalla Repubblica Islamica per colpire lo Stato ebraico, onde denudarne la potenza. Prima che fosse troppo tardi. Con l'obiettivo per Hamas di strappare la Cisgiordania alla morente Fatah ma mancante dei mezzi, gentilmente forniti dal patrono. Una intemerata contro Tsahal ne avrebbe accresciuto le credenziali, tra i connazionali e nel resto del Medio Oriente.

Così Hamas ha aggredito Israele in ogni dimensione. Dal

[3] R. Falconer, *MBS on Saudi Arabia normalizing ties with Israel: "Every day we get closer"*, Axios, 20 settembre 2023, in riferimento a interviste rilasciate in precedenza a "Financial Times" e Fox News.

cielo, con tremila razzi in venti minuti per condurre al punto di saturazione il Sistema di Difesa aerea Iron Dome. Dalla terra con incursioni nelle città meridionali, specie Sderot, B'eri, Ofakim, Nahal Oz, Beer Sheva, Magen, Sufa, nel kibbutz di Kfar Aza. Dal mare con sbarchi intorno ad Ashkelon.

Attraverso varchi nelle barriere di metallo, calati da parapendii oppure emersi dai tunnel, i miliziani hanno occupato centri urbani, posti di frontiera, fortificazioni, uccidendo almeno 1200 persone, di questi oltre 300 militari, prendendo in ostaggio 251 persone, trasferite a Gaza. Nome in codice: "Tempesta su al-Aqsa" (ʿamaliyyat ṭūfān al-ʾAqṣā), la spianata delle moschee situata a Gerusalemme, terzo luogo sacro per l'Islam, dopo Mecca e Medina – i turchi non approverebbero tale gerarchia. Notevole la sofisticazione operativa, rintracciabile nei disciplinati preparativi e nelle molteplici occasioni di ingaggio, impossibile per Hamas da attuare senza consulenza esterna.

Per Israele il più grave tributo civile dalla guerra del 1948. Con inevitabili (e inutili) evocazioni dell'11 settembre – l'assenza di cognizione storica produce analogie con eventi di minore rilevanza.

Di sicuro, peggio che nella Guerra del Kippur (1973), cinquantenario cerchiato in rosso sul calendario lunare. Allora lo Stato ebraico fu attaccato dal Sinai e dal Golan dagli eserciti regolari di Egitto e Siria, prima di recuperare territorio e battere i nemici, in un'epoca di continua belligeranza. Dopo la Guerra dei Sei giorni, sapeva che la rappresaglia era alle viste, ma preferì ignorare gli avvertimenti. Stavolta è stato sorpreso da un'organizzazione terroristica e paramilitare, vivente dentro il suo ventre, in un rarefatto clima da *drôle de guerre*.

Semplice e crudele il calcolo iraniano. Con Israele in tilt per l'audacia di una sgangherata milizia, le monarchie del Golfo e gli altri arabi sunniti avrebbero ripensato il proprio collocamento, tarmato dallo scadimento della deterrenza di Tsahal.

“Basta un improbabile partito a mettere in ginocchio per ventiquattro ore la sedicente superpotenza della regione. Sicuri la sua gonna sia il migliore dei rifugi?” gli ayatollah hanno provocato i nemici. Persuasi che poi l’inevitabile controffensiva israeliana avrebbe diffuso denso imbarazzo nei medesimi regimi arabi, immobili davanti ai morti nella Striscia di Gaza – Arabia Saudita ed Egitto in testa.

Nel gioco si sono inseriti altri agenti filoiraniani. La natura eversiva dello sciismo esalta la fedeltà dei combattenti arabi, esterni alla maggioranza, dunque inclini a favorire l’antipodale impero iranico. Per Teheran, protesi insostituibili. La loro azione ne accentua la potenza, stordendo il nemico, in difficoltà nel distinguere il nucleo centripeto.

Dove comincia davvero la Repubblica Islamica? A Tabriz o già nella Valle della Beqā? E dove finisce? Nel Sistan o nel Golfo di Aden? Lo stemperarsi dei contorni rende presbite l’osservatore. E fornisce nuova profondità alla casa madre.

Nel nostro tempo, Teheran adopera milizie libanesi, alauite, irachene. Indisciplinate perché in possesso di una propria causa, ma innescate dentro uno schema più grande.

L’azione marittima è stata assegnata ai Partigiani di Dio (Anṣār Allāh), dominanti nello Yemen martoriato dalla guerra civile, meglio noti come huthi dal nome del primo comandante, Hussein Badr Eddin al-Huthi, ucciso in battaglia nel 2004. Scambiati in Occidente per rozzi pirati, questi mostrano comprensione del mondo più sofisticata della nostra. Conoscono il funzionamento della globalizzazione, centrata sul controllo statunitense dei colli di bottiglia marittimi, quanto mediamente ignoto nei nostri alberghi al sole.

Sanno che nel pianeta soltanto l’Europa occidentale vive di economia, e che tale lusso la rende oltremodo fragile, facilmente conducibile allo stremo. Fortuna o accidente vuole che gli huthi insistano sullo stretto di Bāb el-Mandeb (“Porta del lamento” in arabo), largo appena trenta chilometri e posto tra la Penisola arabica e il Corno d'Africa, bocca del Mar Rosso che risale il canale di Suez, fino al Mediterraneo. Passaggio obbligato tra i più importanti del globo, dove viaggia(va) il 13% del traffico commerciale planetario e il 40% di quello diretto in Italia. Geograficamente torreggiato da Gibuti, territorio in locazione alle principali potenze, presenti laggiù con proprie basi militari. Dalla Cina agli Stati Uniti, dalla Francia alla Turchia, dalla Gran Bretagna al Giappone. Compresa l'Italia, ma non ditelo alla nostra opinione pubblica.

Incaricati di insidiare gli americani nel più sacro dei domini, in seguito alla controffensiva israeliana su Gaza gli huthi hanno cominciato a cannoneggiare i mercantili che solcano lo stretto, con missili lanciati da droni Shahed, Samad e Ababil di marca iraniana e componentistica cinese. Senza toccare le navi russe e qatarine, libere di osare dove gli altri non possono più, in ossequio all'amicizia ostentata da Teheran verso Mosca e Doha. Provocando un crollo del 40% nel flusso e un aumento dell'80% dei costi di spedizione da Oriente verso Occidente.[4] Con grave danno per l'economia dei paesi europei – il tutto di cui vivono.

Oltre a umiliare la talassocrazia statunitense, Teheran immaginava che le cancellerie del nostro continente, ferite nel commercio, avrebbero intimato Israele di fermare le operazioni nella Striscia, accettando la sconfitta tattica.

Meccanismo complesso e ultrarazionale, sebbene fallato dalla sopravvalutazione del peso di Londra o Parigi – peraltro i porti del Nord Europa hanno beneficiato della chiusura della rotta su Suez.

La volontà per gli americani di lasciare alle Marine europee, specie a Italia e Regno Unito, l'incombenza di bombar-

[4] Cfr. *Red Sea, Black Sea and Panama Canal: UNCTAD raises alarm on global trade disruptions*, Unctad, 26 gennaio 2024.

dare gli huthi, ha posto in ulteriore filigrana la congiuntura che abitiamo. Soltanto un decennio fa il Pentagono sarebbe intervenuto con forza, attaccando da sé gli yemeniti, forse occupando il territorio.

Attuale riluttanza che si fa spettacolare perché dentro lo schema marittimo, là dove si determina la primazia planetaria. Perfettamente colta da Israele che ha ignorato ogni appello alla cautela proveniente da Washington – difficile ascoltare l'egemone dopo aver ricevuto da questo l'investitura nella regione.

Stessa consapevolezza di Pechino. Pronta a puntellare retoricamente il fronte palestinese, pure senza mai rompere con Israele, la dirigenza mandarina si è sbracciata per porre la crisi in prospettiva globale. In pieno conflitto ha voluto illuminare i fronti aperti, affinché non vi fossero equivoci.

"Gli Stati Uniti non possono combattere due guerre insieme, in Ucraina e in Medio Oriente, specie contro due grandi *nazioni* (corsivo nostro, *nda*),"[5] ha chiarito Song Zhongping, analista militare vicino a Xi Jinping, ritraendo una coperta troppo corta. Con il desiderio di vedere gli americani scoprirsi su più lati. "Siamo pronti a combattere ovunque, non molliamo nulla,"[6] ha giurato Joe Biden, fingendo che un leader abbia peso in vicende di tale portata. Prima di pregare il Pentagono di estricarlo dall'impaccio. "Esiste un rischio di distrazione strategica, non posso negarlo,"[7] secondo il provvidenziale inserimento del vicecomandante per l'Indopacifico, Stephen Sklenka.

[5] Citato in J. Pao, *Xi, Putin meet with a parallel view on the Gaza war*, "Asia Times", 18 ottobre 2023.

[6] Citato in E. Smith, *U.S. can "certainly" afford military support to both Israel and Ukraine, Janet Yellen says*, Cnbc, 19 ottobre 2023.

[7] Citato in A. Greene, *Israel-Gaza and Ukraine conflicts risk 'strategic distraction' for United States in Indo-Pacific*, Abc News, 30 ottobre 2023.

Colpito al cuore, a Gaza Israele ha scelto di rispondere con asimmetria. Decine e decine di migliaia di morti tra la popolazione civile, oltre un milione di sfollati, migliaia di abitazioni rase al suolo, a fronte di una manciata di terroristi uccisi – più il clamoroso omicidio di Ismail Haniyeh. Non solo incontinenza emotiva, gli apparati gerosolimitani, ovvero Stato maggiore più vertici del Mossad, per la messa a terra di Benjamin Netanyahu, hanno rivendicato l'esigenza tattica di tali operazioni.

Di seguito il senso dei messaggi inviati ai colleghi americani, preoccupati dell'eccessiva reazione. L'avvicinamento alle monarchie arabe non è avvenuto per travolgente innamoramento, ma per utilitarismo securitario. Dunque, la campagna di Gaza doveva riaffermare la superiorità militare d'Israele, ricostruire la deterrenza polverizzata dai paramilitari di Hamas, sostanza delle intese con le monarchie del Golfo.

Mano davanti alla bocca: al futuro della Striscia e alla questione palestinese penseremo più avanti, magari mai. Rilievo mirabilmente trasmesso da un anonimo funzionario del gabinetto di guerra israeliano. "Negli ultimi dieci anni il Medio Oriente ha guardato a noi con ammirazione. Siamo stati gli unici a sfidare l'Iran, abbiamo contribuito in modo determinante alla sconfitta dell'Isis. [...] Poi improvvisamente arriva una piccola organizzazione terroristica. Tutti, dal Cairo ad Amman, da Abu Dhabi a Riad, da Beirut a Teheran, stanno drizzando le antenne. Dobbiamo dimostrare d'essere ancora una superpotenza regionale. [...] Chiunque deve capire che chi danneggia Israele pagherà un prezzo sproporzionato," ha salmodiato senza chiedere esegesi.

Poco conta Netanyahu. L'attitudine sarebbe stata medesima anche con un altro premier, dalla fedina penale cristallina o meno.

Affinché non vi fossero fraintendimenti in merito alla poca rilevanza della questione palestinese, nella primavera del 2024 Israele e Iran hanno provato ad attaccarsi direttamente, pure comunicando in anticipo tale intenzione. Dopo aver subìto la distruzione della propria legazione a Damasco, la Repubblica Islamica ha eseguito uno scenografico lancio di missili e droni contro il Negev e la Galilea.

Nella notte del 13 aprile, centinaia di droni suicidi Shahed hanno coperto la distanza, manufatti in patria ancora con ingranaggi cinesi e trafugato disegno occidentale, venduti per 193 mila dollari al pezzo, anche ai russi. Nei giorni successivi, Tsahal ha realizzato un'operazione altrettanto eclatante, con sganciamento di missili sulla provincia iraniana di Isfahan, ospitante almeno un sito nucleare.

Manovre per lanciare avvertimenti evitando l'irreparabile, trascinante con sé tutto e tutti. Nel Medio Oriente odierno i due sfidanti prevalgono in campi non collimanti.

L'Iran si impone in dimensione tattica. Israele ha condotto male la battaglia di Gaza. Non è riuscita a sciogliere Hamas – difficile cancellare un'idea con soli mezzi militari – né a recuperare gli ostaggi, se non in rare eccezioni. È tuttora circondata da protesi iraniane, con Hezbollah che si inserisce a intermittenza nella contesa. Ha straperso la battaglia mediatica. Non per filopalestinese sentimento di molti occidentali, fenomeno presente in contesti post-storici, dalle coste statunitensi all'Europa occidentale, dunque insignificanti. Quanto per aver esaurito, forse in meno di ventiquattro ore, il gruzzolo di solidarietà garantito dall'iniziale sterminio dei propri civili.

Al contrario, la Repubblica Islamica ha confermato di sapersi muovere nelle secche, limitando le perdite, obbligando gli altri a stare sul chi va là.

In pieno sforzo militare e di intelligence, s'è concessa il lusso di sostenere la campagna russa in Ucraina in cambio, si mormora, di quattro tonnellate d'oro o, più importante, del placet di Mosca tra Asia centrale e Caucaso. È entrata tronfia negli ex Brics, assise inutile quanto il G7 (meno rilevante del G7 non si può), ma forte di una buona narrazione.

Vera medaglia, tramite gli huthi, ha scalfito il controllo americano su Bāb el-Mandeb.

Ma in campo strategico, quello decisivo, ha vinto lo Stato ebraico. La distanza militare resta notevole. Teheran non ha la forza di insidiare Tsahal. Gran parte dei popoli della regione rimane ostile ai persiani, compresi turchi e arabi monarchici o del Golfo. L'Azerbaigian, Stato ipervalutato dagli ayatollah, è diventato una pedina israeliana (e ancirana). Russi e cinesi ufficialmente sostengono il clero sciita, ma sono in rapporti altrettanto ottimi con Israele – specie Mosca, sentimentalmente legata all'unico paese russofono esterno allo spazio che fu sovietico.

Il piano di Hamas è fallito. Nonostante la catastrofe sperimentata a Gaza, i palestinesi di Cisgiordania, principali destinatari della fazione agganciata alla Fratellanza Musulmana, non si sono sollevati. Tranne sparute collisioni con i coloni ebrei, sono rimasti lontani dagli eventi, non hanno iniziato una nuova Intifada. Quelli di Gaza, stremati dai bombardamenti e pure maggiormente benevoli verso gli uomini di Haniyeh, paiono apprezzare più di ieri la soluzione dei due Stati, prospettiva teoricamente esclusa dallo statuto del partito – *cul de sac* non male.

Gli Accordi di Abramo restano vivissimi. Anche per la spietatezza mostrata da Tsahal nella Striscia. Finora nessuno ha rinnegato l'impalcatura di contenimento anti-iraniano.

Come dimostrato durante l'attacco iraniano contro il territorio israeliano dell'aprile 2024. Senza il supporto di caccia americani, britannici, francesi e giordani, assieme all'intervento delle intelligence egiziana e saudita, le Difese israeliane sarebbero probabilmente collassate.

Proprio i sauditi sono tornati ad annunciare come imminente il formale riconoscimento del vecchio nemico sionista. "Finalizzeremo il tutto nel prossimo futuro," ha assicurato il ministro degli Esteri di Riad, Faisal bin Farhan, curandosi a malapena di inserire un asterisco palestinese, per la gioia dei sudditi, comunque narcotizzati dai sussidi. "Ma prima dovrà accadere qualcosa sul fronte palestinese,"[8] ha chiosato dopo lunga riflessione.

Il lavoro svolto da Washington e Riad "è potenzialmente molto vicino al completamento,"[9] ha confermato il segretario di Stato americano, Antony Blinken.

Più dell'inesistente appartenenza religiosa, possono la millenaria rivalità tra arabi e persiani, tanto aspra da suggerire lo Stato ebraico come male minore, non solo nell'immediato.

Vantaggio per Israele che nel medio periodo solo due variabili potrebbero estinguere. Anzitutto, la crisi di identità che lo dilania.

La guerra ha sospeso lo scontro interno tra occidentalisti e orientalisti, ma presto tornerà a spalancarsi. Oppure lo status quo potrebbe finire per possesso della Bomba da parte iraniana. Teheran sogna di entrare nel club non convenzionale almeno dai tempi dello scià, quando si rivolse con successo all'attuale nemico. Ma il concreto avvio del programma risale agli anni ottanta.

Progetto Amad, nei fogli governativi, approvato per produrre cinque testate entro il 2004. Inizialmente clandestino, poi convertito in impresa civile, con regolari ispezioni delle Nazioni Unite. Doppio lo scopo.

Diventare inviolabile anche per le superpotenze, dagli americani a scendere. E pareggiare o superare in caratura geopolitica i nemici regionali. Su tutti, Israele e Turchia. In una fusione, il ritorno della Grande Persia. Al momento vi sareb-

[8] Citato in M. Al-Khuweildi, A. Habtor, *Saudi-US confirmation: Security agreement imminent*, "Asharq al-Awsat", 30 aprile 2024.

[9] Citato in B. Farhat, *Saudi Arabia "very, very close" to US security pact tied to Palestinian state*, "Al Monitor", 29 aprile 2024.

bero nel paese almeno tre centrali nucleari attive: una per l'arricchimento dell'uranio a Natanz, nella provincia di Isfahan, colpita anche nel 2009 da un virus trapiantato da Cia e Mossad; una per la produzione di acqua pesante ad Arak; un'altra a Bushehr (ri)avviata anni fa da Mosca. Senza escludere ulteriori stabilimenti, probabilmente occultati nella pancia delle montagne per sottrarli a eventuali bombardamenti.

Secondo l'Agenzia internazionale per l'Energia atomica, Teheran avrebbe già arricchito l'uranio a una soglia di purezza del 60% e, in pochi mesi, potrebbe centrare il 90% necessario alla produzione nucleare.

Non solo americani e israeliani valutano come un incubo tale approdo. Anche i russi si oppongono, dopo aver aiutato gli iraniani sul tema – la distanza minima tra Federazione Russa e Repubblica Islamica è 650 chilometri, sufficiente per finire nel mirino e piangere lacrime megariche.

Medesimo approccio dei cinesi. Un attacco militare contro la Repubblica Islamica, senza più infingimenti, è da ritenersi probabile, anche un secondo prima dello scatto nucleare. Non a caso nel 2023 un ministro israeliano ha ammesso, per la prima volta, che lo Stato ebraico possiede la Bomba. Parola di Amihai Eliyahu, titolare del dicastero per il Patrimonio culturale. Una rivoluzione.

Salvo incredibili sorprese, l'ultimo conflitto mediorientale non interverrà sulle questioni croniche.

Non risolverà il dossier israelo-palestinese. Israele si rifiuta di stabilire cosa vorrà essere da grande, per il timore di subire una nuova aggressione appena se ne occupasse. E gli altri arabi non riescono ad appassionarsi al destino degli abitanti di Gaza e Cisgiordania. Gli strali anti-israeliani continuano ad agitare popolazioni geograficamente distanti. Dall'Egitto all'Arabia Saudita, fino al Marocco. Ma nei momenti più drammatici, con oltre un milione di persone ammassate al valico di Rafah, l'Egitto si è più volte rifiutato di accogliere i palestinesi nella penisola del Sinai. Così il Regno di Giordania, che dal 1948 ne ospita milioni, resta vicinissimo a Israele, nonostante i morti contati a Gaza.

Non assisteremo neppure all'archiviazione della retorica da guerra di religione/civiltà. Fenomeno mai esistito nella storia. E perfettamente assente nel Medio Oriente odierno, con i musulmani sunniti stretti a Israele contro l'altrettanto islamico Iran. Tale fraintendimento continuerà a vivere in Occidente. Non solo perché abbiamo preso sul serio il politologo americano, Samuel Huntington, che ne scrisse con registro dilettantesco qualche decennio fa. Presso di noi, continuano ad annunciare apocalissi religiose i radicalizzati discendenti degli immigrati islamici, nati in Francia o in Italia, senza aver vissuto nel Levante neppure un giorno, sicuri di intravedere ciò che non è.

Nel tempo prossimo israeliani e iraniani, con i loro *alleati* arabi, continueranno a battersi per la regione. In (relativa) assenza degli americani e dolosa incentivazione di russi e cinesi. Altra accelerazione da egemonia contestata.

VIII.
Dove va la Turchia

La Turchia è impero per sola volontà della popolazione. Dunque continuerà a esserlo. Con Recep Erdoğan, oppure un suo cugino di quarto grado o il suo più insidioso sfidante, come presidente. La popolazione ha 29,8 anni di età media, che scende ulteriormente nell'Anatolia interna, dove lo spirito resta antioccidentale, egemonico.

Difficile possa contentarsi di migliorare la qualità della vita, quasi fossimo nella canuta Europa, anziché perseguire la gloria – l'80% dell'opinione pubblica turca si dichiara ostile agli Stati Uniti e all'Occidente allargato.[1]

Piuttosto, dopo aver recuperato traiettoria e retorica ottomane, in questa fase vuole ricalibrare la vocazione. Circondata di nemici, mancante dei soldi necessari all'azione, intende spostare e ridurre la propria proiezione. Non più panislamica, bramante la testa dell'umma musulmana, improbabile faro per popolazioni semitiche, indoeuropee, caucasiche che le sono etnicamente estranee – sottomesse con la spada nell'èra della Sublime Porta. Ma panturanica, centrata sul dominio dei popoli turcofoni, corrispondenti per costume e storia, stanzia-

[1] Cfr. *Over 80 pct of Turks see US, EU as Turkey's enemies, poll reveals*, "Scf", 6 giugno 2018.

ti dalla Tracia allo Xinjiang, dall'Azerbaigian alla Siberia, dal Kazakistan alla Mongolia. Rovescio del paradigma sentimentale, nuovamente tendente a Oriente, utero dei turchi. Come capitò al tempo del kemalismo.

Svolta (più) sostenibile, sul piano antropologico e materiale. Strada mediana tra la timorosa Repubblica novecentesca, insopportabile decadimento per i suoi cittadini, e l'eccessiva ambizione di inizio millennio, prematuro slancio intriso di *hybris*.

Compromesso voluto dai giovani, molto laici e poco mediorientali, accolto dallo Stato profondo, collocato tra i due estremi, prodotto di ibride epurazioni.

Nei prossimi anni, Ankara resterà in Siria, in Libia, nel Corno d'Africa. Ma non impiegherà laggiù le sue migliori risorse. Le sposterà sull'Asia Centrale, sentiero ancestrale che nei secoli dall'Estremo Oriente condusse gli antenati in Anatolia, sciogliendoli in numerose gemmazioni. Pure continuando alcune precedenti velleità.

Un minore respiro che dovrebbe ridurre il numero degli antagonisti, sollevando la popolazione dalla fatica percepita, per nulla soddisfatta della potenza conquistata fin qui, molto lontana dalle aspettative.

Come i persiani, i turchi sono alieni nella regione che abitano. Originano dalle steppe ultime della Mongolia, dall'inagibile tundra siberiana. *Göktürk*, "turchi celesti o blu", nella semantica altaica dei padri. Dove *türük* significa "nato, nati", principio di ogni cosa, da calligrafare in filiforme alfabeto runico. Inizialmente nomadi, a partire dal VI secolo cominciarono a vagare verso Occidente, seguendo l'esempio degli unni, forse tribù altrettanto turcica, poi fissa sulla pianura magiara.

Nel corso di un millennio attraversarono l'Asia intera, cacciando o prendendo le popolazioni autoctone. Nel nostro Alto Medioevo conquistarono il leggendario Turan, luogo lunare tra gli attuali Turkmenistan, Iran, Uzbekistan, Kazakistan. Qui vinsero le locali tribù iraniche, intestandosi territorio e nome degli sconfitti, inizio eponimo della successiva missione imperiale.

Al contatto con gli arabi abbracciarono l'islam sciita e sunnita, di cui si fecero successivamente portatori. Evento decisivo fu la Battaglia del fiume Talas (751), nell'odierno Kazakistan, quando i turchi qarluq abbandonarono la dinastia cinese dei Tang per schierarsi con gli arabi abbasidi – sempre sia lodato il nemico più lontano.[2]

Nel XII secolo invasero il bassopiano sarmatico, annientando, assieme alla gemella Orda d'Oro, la Rus' di Kiev, antenata di ogni epopea russa. Poi occuparono gradualmente l'Asia Minore, fino a disintegrare l'Impero bizantino, con la resa di Costantinopoli nel 1453.

Lungo il tragitto rinominarono con i colori punti cardinali e mari. Nero, *kara*, per il nord, da cui Karadeniz, Mar Nero, perché esistente sopra l'Anatolia. Rosso, *kızıl*, per il sud, da cui Mar Rosso, Kizildeniz, posto a meridione dell'Asia Minore. Bianco, *Ak*, per l'Occidente, etimo di Akdeniz, Mar Bianco in lingua altaica, ossia il Mar Mediterraneo. Blu, *Gök* per l'Oriente, come scritto in Mar Blu, Gökdeniz, il nostro Mar Caspio, a lungo chiamato Mer Bleue in francese per mutuazione dal prototurco, mentre in turco moderno *è* detto Hazar denizi, bacino dei cazari, altra popolazione turcica, nota per la conversione all'ebraismo.

Avanguardia furono prima i selgiuchidi, discendenti di Seljuk, un capo turco oghuz, vivente in Kazakistan intorno all'anno Mille dell'era volgare. Poi gli ottomani, progenie di Ataman, arabizzato in Osman, altro turco oghuz inviato nel XIV secolo dai selgiuchidi alla frontiera con i romani ellenofoni.

[2] Cfr. D. Fabbri, *Geopolitica Umana*, Gribaudo, Milano 2023.

Allora le dinastie turcofone fiorite nella migrazione cominciarono a distinguersi.

In Asia Centrale, in Persia, in India, dominarono rispettivamente i cagiari, i safavidi, i moghul, mentre gli ottomani si dedicarono alla conquista del Medio Oriente, del Maghreb, dei Balcani. Il popolo di Osman si trasformò in Mediterraneo. L'Occidente, *Ak*, fu centro del loro mondo, punto di non ritorno. Turchi, *türk*, il loro unico nome, metonimia per indicare superiorità sull'intera stirpe. Questi si fusero biologicamente con i greci della Ionia, all'epoca netta maggioranza, per cui oggi sono in massima parte mediterranei, anziché uralico-mongoli come gli antenati.[3]

La Sublime Porta durò sette secoli. Il collasso di inizio Novecento costrinse i turchi a reinventarsi. Ufficialmente, nel 1923 la Turchia divenne Stato nazionale, repubblica prossima al sentire europeo. Nelle cose, il nucleo centrale provò a salvare l'impero, costringendolo in Anatolia, privato delle province su cui da tempo agivano i nemici.

Ritirata tattica, non rinuncia alla storia. In attesa di tempi migliori. Rispetto della grammatica, per cui un impero non può traslare in nazione, se non procurando la propria rovina.[4]

Vettore dello spirito (del tempo) fu Mustafa Kemal, capo del neonato paese, sostenitore di deportazioni e massacri contro greci e armeni, per fare spazio ai turchi etnici costretti a lasciare i perduti fazzoletti dell'impero, specie europei. Compreso lo stesso Kemal, poi unto come Atatürk, "padre dei turchi", originario della odierna Salonicco, con metà famiglia di ascendenza ellenica o albanese.

La sconfitta subita dalle potenze di ponente, su tutte l'Italia nella Guerra di Libia (1911), costrinse il paese a occiden-

[3] Cfr. L. L. Cavalli-Sforza, *Geni, popoli e lingue*, Adelphi, Milano 1996.
[4] Cfr. D. Fabbri, *Geopolitica umana*, Gribaudo, Milano 2023.

talizzare il costume. Fu adottato l'alfabeto latino, decretata la domenica come giorno di riposo in ambiente musulmano, proibito il velo per le donne nei luoghi pubblici, diffuso l'uso dei cognomi, sovente patronimici, a una popolazione abituata a titoli e vezzeggiativi.

Ma la Turchia non accettò mai il brodo europeo. Abbandonato il Medio Oriente, tornò a volgere la propria attenzione verso l'Asia. Non il primordiale Estremo Oriente ormai disprezzato dalla popolazione con tono razzista – Kemal rimase sconvolto dai libri di testo francesi che descrivevano la stirpe turcica come gialla o mongola, ovvero *secondaire*.[5] Piuttosto, il bacino del Caspio da cui partirono gli ittiti, allora impropriamente individuati come antenati dei turchi.

I kemalisti sposarono il panturchismo elaborato dal Romanticismo mitteleuropeo. Teoria distillata da Hermann Wamberger, ebreo ungherese poi noto come *Ármin* Vámbéry, sicuro della comune origine altaica tra i magiari e i turcofoni, fautore di una possibile unità tra questi. Oltre che sodale dell'ideologo sionista, Theodor Herzl, e del romanziere irlandese Bram Stoker, al quale suggerì il nome Dracula e l'ambientazione in Transilvania, terra storicamente magiarofona, del suo più celebre intreccio. Invenzione del panturchismo poi sistemata da Ziya Gökalp da Diyarbakır, di origini curde, dunque iraniche, ma vinto agli altaici.

I fondatori della Repubblica fissarono nell'Asia turcofona la propria sfera d'influenza, dall'Anatolia all'Azerbaigian, dalla Crimea al Tatarstan, dal Turkmenistan all'Uzbekistan, dal Kirghizistan al Kazakistan, fino al Turkestan orientale e alla Siberia tuvana. A loro dire, i prototurchi sarebbero nati nel Turan e da lì avrebbero corso verso Ovest e verso Est. Fingen-

[5] S. Cagaptay, *Islam, Secularism and Nationalism in Modern Turkey: Who is a Turk?*, Routledge, London/New York 2006, p. 54.

do di non sapere che l'Azerbaigian guarda da secoli alla Persia, dopo averla introdotta allo sciismo.

"È tempo per i popoli di lingua turca di unirsi. Se ci uniamo, possiamo diventare una forza dirompente per il mondo intero," si commosse Atatürk. Prima di comunicare che "la gioia dell'Azerbaigian è la nostra gioia, il suo dolore il nostro dolore".[6]

Merito del panturanismo fu la riedizione dell'idioma già ottomano, realizzata dall'Associazione della lingua (Türk Dil Kurumu). Il turco fu pulito dei lemmi persiani e arabi, ma anche europei, sostituiti da corrispettivi rimontanti all'antico turcico o dotati *ex novo* di radici altaiche.

Così il termine di derivazione araba *harf*, "lettera", fu rimpiazzato dall'attuale *ses* (o anche *imce*), proveniente dalla lingua del Caspio, con radice *ses*, "comunicare". L'altrettanto arabo *imtihân*, "esame", scacciato da *sinav*, lascito della lingua tatara traducibile con "mettersi alla prova". Ancora, il sostantivo *kanun*, "legge", derivato dal greco κανών, origine del nostro "canone", fu cambiato nel corrispettivo mongolo *yasa*, pescato là dove i primi turchi videro l'aurora.

Impegnate a celebrare il decesso del millenario nemico ottomano, le cancellerie europee, Londra in testa, congratularono il nuovo soggetto, senza scorgere l'omologazione della nuova missione imperiale, stavolta etnica, al posto di quella panislamica e romano-universalistica.

Mistificata dall'epidermica adesione al repubblicanesimo della popolazione anatolica, principalmente composta di rifugiati provenienti dalle terre abbandonate, specie vedove di mariti caduti nella Prima guerra mondiale e nelle successive battaglie per l'indipendenza, oltre che di anziani inadatti al

[6] Citato in *Il Giorno della Vittoria verrà celebrato in Azerbaigian ad ogni 8 novembre*, "Trt", 3 dicembre 2020.

fronte.[7] Mancanti di forza per opporsi ai virati costumi, ma contrari a identificarsi nell'Occidente o a rinnegare la vocazione religiosa – chiaro afflato imperiale.

Resistenza all'occidentalismo, rintracciabile nella distinzione tra turchi bianchi (Beyaz Türk) e neri (Kara Türk), con i primi a indicare la popolazione di Istanbul e Smirne, l'unica davvero disposta ad accogliere un laicismo post-storico.

L'ascesa dell'Unione Sovietica, egemone sull'intera Asia turcofona, consigliò alla fragile Turchia di collocarsi sotto l'ombrello statunitense, con tanto di supporto (indiretto) agli Alleati durante la Seconda guerra mondiale e adesione alla Nato nel 1952.

Preoccupati per la severa opposizione degli americani a ogni revanscismo, i kemalisti si raccontarono estranei alla potenza, perfino democratici – finzione cui soltanto l'Occidente riusciva a credere. Nel mondo diviso in blocchi l'ortodossia ideologica era caldamente pretesa.

Incaricarono di stroncare eventuali distrazioni il cosiddetto Stato profondo, *Derin devlet*, ovvero forze armate, intelligence, potere giudiziario. Entità intestata del tutoraggio della popolazione per un intero secolo, con alterne ispirazioni.

Nei decenni gli apparati intervennero per prevenire nocivi deragliamenti. Nel 1960 l'esecutivo di Adnan Menderes fu sciolto dall'esercito perché non abbastanza antisovietico. Il premier processato e impiccato. Seguirono altri golpe, nel 1971 e nel 1980. Unico sgarro alla volontà americana, l'occupazione della regione settentrionale di Cipro, avvenuta nel 1974 con la superpotenza distratta dalla sconfitta (tattica) subita in Vietnam.

Sospeso per schermarsi dall'ingerenza di Mosca, l'impulso

[7] Cfr. M.H. Yavuz, *Nostalgia for the Empire*, Oxford University Press, Oxford 2020.

imperiale, mai misconosciuto nel cuore della nazione, riaffiorò con il lento tramontare della Guerra fredda, come in India apparve il suprematismo indù. Nel 1983 fu eletto primo ministro Turgut *Özal*, incarnante il simultaneo rilancio di panislamismo e panturanismo, pronto a esibire spiccata religiosità, cantando di una grande Turchia estesa dalla Bosnia alla Cina. Poi eletto presidente della Repubblica, fu avvelenato dallo Stato profondo perché in (lieve) anticipo sulla storia. Poco più tardi il crollo dell'Unione Sovietica consentì il ritorno di una antica vocazione. Archiviazione della clandestinità imperiale.

Secondo la sempre allegra politologia, capriccio del tenebroso Erdoğan.

Oltre ogni riduzione di complessità, negli anni Duemila il recupero dell'ottomanesimo fu coevo prodotto del momento storico e dell'attitudine popolare.

Divenute autoctone tramite figli e nipoti estranei alle terre di provenienza, le masse anatoliche cominciarono a reclamare lo splendore. Tendenzialmente conservatrici, suprematiste musulmane, imperiali perché nostalgiche di tempi e luoghi narrati dai nonni.

A impercorribile distanza dall'utilitarismo europeo, ragione del mancato attecchimento in loco del laicismo. "*È una rivoluzione anatolica*,"[8] riconobbe il presidente della Repubblica, Abdullah Gül, senza che gli osservatori occidentali ne cogliessero il senso.

A intercettare tali sulfurei impulsi, proprio Erdoğan, detto il Reìs, nato a Istanbul da famiglia originaria di Rize, nell'estremo oriente anatolico, e di Adjara, nel Caucaso georgiano.

Latore di un impero classico per estensione e pensiero, panislamico, principalmente stanziato in Medio Oriente. Revival

[8] Citato in R. Çakir, *AKP, Neydiler ne oldular?,* "Vatan Gazetesi", 28 novembre 2003.

della potenza ottomana, senza i mezzi per riprodurre l'illustre precedente.

"Oggi hanno vinto Istanbul, Sarajevo, Ankara, Damasco, Diyarbakır, Ramallah, Nablus, Jenin, la Cisgiordania, Gerusalemme e la Striscia di Gaza,"[9] annunciò al termine delle elezioni del 2011 con spettacolare piglio universalistico, prodromico all'egemonia sull'ecumene musulmana.

Spiritualità teoricamente utile a tirare verso sé i curdi di dentro, filtrati come "turchi di montagna" al tempo della fallita assimilazione kemalista, popolazione iranica seducibile soltanto con la confessione sunnita e con l'odio per i cugini persiani, impossibile da avvicinare tramite (inesistente) corrispondenza etnica.

A favorire gli erdoganiani nella scalata al potere, la compagine religiosa Hizmet ("Servizio"), titolare dagli anni novanta di madrase sparse in ogni continente, fondata dall'imam Fethullah Gülen, nativo di Erzurum, nell'eponima provincia dell'Anatolia orientale. Individuato dagli Stati Uniti come male minore, nell'illusione di coniugare l'islamismo con l'appartenenza al campo washingtoniano, in un paese alla plateale riscoperta di sé.

Nelle previsioni del dipartimento di Stato e della Cia, la pressione demografica e la crescita culturale avrebbero consentito all'Anatolia di tramutarsi in *heartland*, a scapito di Istanbul. Ne sarebbe derivata, a livello sovrastrutturale, l'affermazione di forze politiche di ispirazione islamista, capaci di intercettare il sentimento della società asiatica. Liberate dall'atavico complesso di inferiorità, le masse anatoliche avrebbero respinto il coatto atlantismo degli Stretti, in favore di una visione propria.

[9] Citato in *Turkey election: Victorious Erdogan pledges "consensus"*, "Bbc News", 13 giugno 2011.

Su suggerimento delle forze armate turche, Hizmet fu individuato come principale interlocutore in tempi di cambiamento, da affiancare agli storici agenti kemalisti.

Su ingenua spinta americana, negli anni Duemila Hizmet si unì agli erdoganiani per depurare lo Stato profondo degli elementi filoccidentali, ormai anacronistici.

Riuscirono nell'impresa poiché forti di ampio consenso tra la popolazione. Fino alla inevitabile resa dei conti tra le parti, avvenuta a partire dagli anni dieci, con gli erdoganiani divenuti padroni del paese anche attraverso la sbandierata retorica neo-ottomana, usata contro gli ex alleati prossimi agli Stati Uniti.

Si intensificarono arresti ed espulsioni dei gulenisti, "caccia alle streghe" duramente condannata da Washington. *Damnatio memoriae*, cui nel 2016 i membri di Hizmet risposero con un tentativo di colpo di Stato, sposato dall'intelligence statunitense, drammaticamente fallito nel corso di una notte. Per inaspettata fedeltà degli apparati securitari, specie di polizia e Stato maggiore, nel frattempo rimpinguati di turchi anatolici antropologicamente imperiali e asiatisti. Eventi sfruttati da Erdoğan per depurare gli apparati statali degli elementi filostatunitensi.

L'era neo-ottomana poteva finalmente legittimarsi, tradendo inevitabili criticità. All'origine del millennio la Turchia si è lanciata in ogni dove, senza curarsi della reazione delle potenze vicine e lontane, delle conseguenze di tanta spavalderia. Altro che "nessun problema con i vicini", come da speranzoso motto della sua politica estera.

È intervenuta militarmente ben cinque volte in Siria (2016, 2018, 2019, 2020, 2022) per scongiurare l'avanzata dei curdi del Rojava e che questi si agganciassero ai fratelli etnici d'Anatolia – nonché contro il regime alauita. Senza timore di abbattere un caccia russo, reo d'aver violato lo spazio aereo turco per puntellare il soggetto damasceno.

Ha accolto sul proprio territorio più di tre milioni di rifugiati siriani, principalmente arabi sunniti, con lo scopo di programmarli al sentimento verso la nazione turca, prima di ricollocarli in patria – chissà quando. "Questi sono i nipoti dell'impero ottomano,"[10] ha giurato Erdoğan guardandoli negli occhi, sguardo vitreo rigato di lacrime.

Si è opposta all'avanzata di russi, francesi, egiziani, sauditi, emiratini dalla Cirenaica alla Tripolitania (2019), stanziandosi nella capitale libica, da dove comanda sugli italiani.

Ha ingaggiato aperti scontri nel Mar Mediterraneo contro la Marina francese, contro i mezzi della nostra Eni. Anche in nome della dottrina della Patria Blu (Mavi Vatan), che considera nella chiara disponibilità turca il Mediterraneo orientale e il Mar Nero meridionale.

Ha manovrato a lungo la Fratellanza Musulmana contro Il Cairo e contro Riad. Ha aiutato l'Azerbaigian a recuperare l'Alto Karabakh ai danni dell'Armenia, orfana dei russi impegnati in Ucraina. Ha condannato più volte come "genocidio" il trattamento degli uiguri da parte di Pechino, deportati nei campi di acculturamento e costretti all'assimilazione, pur negando il proprio "genocidio" degli armeni di inizio XX secolo.

Incapace di sconfiggere Damasco, ha poi aperto alla Russia per condividere la gestione del territorio siriano. Si è inserita in Somalia con almeno ventimila soldati, piegando il governo locale, prendendo il potere con l'erogazione dei servizi statuali, costruendo la base militare di Campo Turksom, nei pressi di Mogadiscio, la più grande all'estero, estesa su quattrocento ettari, davanti allo stretto di Bāb el-Mandeb. Nell'intero continente africano ha aperto una gigantesca rete di scuole religiose. Laggiù le serie televisive prodotte negli studi di Istanbul, strumenti di propaganda, hanno soppian-

[10] M.H. Yavuz, *Nostalgia for the Empire*, cit.

tato quelle americane, indiane o nigeriane. In Uganda, Tanzania, Somalia hanno cominciato a spopolare prodotti come *Kuruluş Osman* ("Osman il fondatore"), *Diriliş Ertuğrul* ("La resurrezione di Ertuğrul"), *Muhteşem Yüzyıl* ("Il secolo magnifico"). Narrazioni per nulla asettiche, celebrazioni della storia ottomana, dedicate al fondatore dell'impero oppure al guerriero Ertuğrul, padre dello stesso Osman Ghazi, o ancora collegate al secolo di Solimano il Magnifico, il più chiaro sultano della storia.

Intanto la propaganda elevava Gerusalemme, "città turca", alla medesima santità di Mecca e Medina, per proporre Ankara come paladina della Palestina contro Israele. E nel 2021 il complesso di Hagía Sophía (Ayasofya) a Istanbul è tornato moschea, dopo la trasformazione in museo alla nascita della Repubblica.

Contorni del cosiddetto secolo della Turchia, scandito dai seicento anni dalla caduta di Costantinopoli (2053) e dai mille anni dalla Battaglia di Manzicerta (1071), là dove i selgiuchidi umiliarono i bizantini condannandoli al crepuscolo e poi accogliendoli nella propria carne.

Impresa gravosa financo per una superpotenza, insostenibile per un soggetto di media demografia e collocazione angusta, pure se di spiccatissima coscienza di sé. Puntuali negli ultimi anni sono giunte le reazioni di nemici sostanziali e alleati teorici.

Nel 2019 Washington ha ordito un massiccio attacco finanziario contro Ankara, con immediata riduzione del potere di acquisto. Nello stesso frangente sauditi ed emiratini sospendevano la linea di credito verso il paese, pretendendo la rottura con la Fratellanza Musulmana, nemico pubblico per ogni monarchia del Golfo. Nel 2016 anche il Cremlino applicò sanzioni ad Ankara.

Successione di eventi che ha provocato la furente stanchezza della popolazione turca. Con rabbia sfogata contro i rifugiati arabi, storicamente ritenuti di dignità inferiore, impossibili da inserire nel corpo della nazione. Acuminata frustrazione per uno sforzo imperiale dai frutti ancora acerbi, specie per chi è uso saziarsi di status, del timore esercitato sui vicini.

Questo, molto più della crisi economica, ha eroso il consenso per il neo-ottomanesimo. Almeno temporaneamente. Nella convinzione che in questa fase sia percorribile soltanto un impero etnico, anziché panislamico. Meno dispendioso, più tollerato dalle grandi potenze, estricato dalle secche finanziarie e militari incontrate per eccesso di propagazione.

Specie i più giovani intendono riportare l'impero all'ispirazione panturanica. Pure provati dalle difficoltà del vivere, questi non vogliono barattare la potenza con migliori condizioni materiali – i loro omonimi di inizio Novecento fecero la rivoluzione.

"Davvero vogliamo arrenderci al costo delle cipolle?" li ha incalzati Erdoğan, conoscendone il massimalismo e la parallela ostilità nei suoi confronti.

Maggioranza degli elettori, distanti dall'islam fervente dei padri, gli under 31 sono in larga parte favorevoli a un impero più laico, non perché sognano la nostra società. Sono meno convinti del ruolo della religione nelle loro vite, non dello spazio che merita o meriterebbe il proprio popolo nel mondo.

Come scoperto dai giornalisti occidentali che, certi della corrispondenza tra i giovani anti-Erdoğan e gli abitanti dell'Europa, hanno visto con somma sorpresa ventenni mostrare loro i tatuaggi di Atatürk. "Colui che fece grande l'Anatolia."

La mutazione è già in atto, anche al fianco di contraddittorie manovre neo-ottomane. Uomo di ogni impresa (imperiale), nell'ultimo periodo Erdoğan ha cominciato ad affiancare la dimensione turcofona a quella islamista. Nel 2020 ha consentito il facilitato rilascio di passaporti turchi per gli uiguri, negando l'estradizione dei dissidenti reclamati da Pechino.

A Baku ha recitato i versi del poeta azero Bakhtiyar Vahabzadeh che negli anni cinquanta lamentava la separazione tra l'allora Azerbaigian sovietico e quello iraniano. "Hanno spartito il fiume Aras e lo hanno riempito di pietre e bastoni. Ma non sarò mai separato da voi, ci hanno separato soltanto con la forza," ha berciato, con successiva protesta di Teheran.

Nel 2021 ha scelto una lirica göktürk, scritta nel runico alfabeto dell'orkhon, stessa fonte utilizzata ai tempi di Atatürk nella purificazione della lingua, per inaugurare il programma spaziale nazionale. "Guardate al cielo e vedete la luna."

Nel 2022 ha tramutato in "Türkiye" il nome ufficiale del paese in lingua (para)inglese Turkey, per archiviare la sconveniente corrispondenza con il termine "tacchino", tormento che fu anche di Atatürk. Nello stesso anno ha disvelato la mappa del Grande Turan, affissa nel palazzo presidenziale di Ankara, indicante come turche regioni situate in Grecia, nei Balcani, nella Russia meridionale, nella Siberia orientale, in Iran, in Mongolia.

Al netto della dimensione sentimentale, numerosi sono i vantaggi forniti dal ripristino dell'impero turanico. Il restringimento dei nemici, improvvisamente collocati a oriente dell'Anatolia, molto meno a ovest o a sud, dovrebbe dare respiro alla nazione. In Asia Centrale il crescente scadimento della Russia, impantanata in Ucraina anche in caso di cessate-il-fuoco, e la distrazione dell'Iran, preso dallo scontro con Israele, offrono un margine di manovra maggiore che nel Maghreb o nel Levante.

Novità apprezzata anche dagli americani, sospettosi di ogni aspirazione riversata sull'intera popolazione musulmana. Meglio che Ankara si concentri là dove insistono russi e cinesi, anziché in Medio Oriente, dove potrebbe tradursi in egemone locale, scenario contrastato con vigore. Medesimo sollievo delle monarchie del Golfo, temporaneamente liberate dall'insidia anatolica.

Il panturanismo incontra dense simpatie tra i paesi turcici, principale oggetto della sua applicazione – non un dettaglio. Dal 2011 si riunisce annualmente l'Organizzazione degli Stati turchi, guidata da Ankara e composta da Azerbaigian, Kazakistan, Kirghizistan, Uzbekistan, con l'esclusione del solo Turkmenistan, paese abitato da turcofoni per il 96%, possibile membro futuro.

Obiettivo dell'assise è promuovere l'unità geopolitica della comunità linguistica, cui già partecipa come osservatore l'Ungheria e cui potrebbe aggiungersi l'Ucraina, paese slavo con minoranza tatara, preoccupato di accentare di esotismo la propria storia (in funzione antirussa).

Nel 2018 il Kazakistan, il più ampio soggetto turcofono del pianeta, ha rinominato Türkıstan la sua regione meridionale, in onore del primigenio Impero timuride di ascendenza turco-mongola. Internamente, al contrario del neo-ottomanesimo, il panturanismo avvicina gli aleviti, altrimenti distinti dal panislamismo giacché sciiti nella forma e mitraico-iranici nella sostanza.

Vero, tale filone presenta pure numerose insidie. Pone la Turchia in collisione con la Cina, potenza in avanzamento (solo?) in Asia Centrale, là dove vorrebbe costruire la decisiva traccia delle Vie della Seta. Complica ancora la relazione con il Kurdistan interno, 20% della popolazione nazionale, storicamente interpretato come quinta colonna dalle potenze nemiche.

Se il panislamismo non ha introdotto la regione nel canone turco, l'ostentato rilancio dell'elemento etnico annullerebbe ogni tentativo di assimilazione.

Ma la giovanilistica inclinazione della popolazione si imporrà sul resto. Vorrà conservare la Turchia nell'aristocrazia degli imperi, dandosi volto turanico. Per attutire i colpi degli altri, senza rinnegare sé stessa.

Spostando la proiezione dal bianco (*Ak*) d'Occidente al blu (*Gök*) d'Oriente.

Adesso che può giovare della complicata congiuntura dei nemici, segnata dal recedere della potenza russa, dalla distrazione iraniana, dall'incaglio di Israele, dal malessere degli Stati Uniti, dalla prolungata crisi della Cina. Occasione per allungarsi nuovamente su popoli altrettanto turcofoni. Là dove principiò il viaggio.

IX.
Che succede in Germania

Stando al luogo comune, la Germania sarebbe scossa dall'ascesa dell'ennesimo partito xenofobo e populista, quest'ultima etichetta insensata, dunque buona per tutte le stagioni. Si tratta di Alternative für Deutschland, formazione di ultradestra, altra definizione sovrastrutturale dunque inutile, in vorticoso apprezzamento nei sondaggi e nelle urne.

Narrazione perfetta per gli aperitivi (o per le facoltà di relazioni internazionali). Ma se l'intento è decrittare il reale, al solito, è necessario addentrarsi nei sentimenti e nella storia, là dove tutto origina.

Sulla terra, la Repubblica Federale è attraversata dal duello tra le genti che la compongono, come non capitava dalla metà del Novecento.

Trascesa la patina partitica, in questa fase sassoni e bavaresi insidiano il dominante ceppo renano-anseatico, nuovo capitolo nella lotta per il dominio dello spazio germanico, aggravata dalla guerra in Ucraina, violento squarcio nella placida *routine* di lassù.

La Germania non è una nazione. Mai lo è stata. Da tale consapevolezza gemma ogni indagine intorno alla sua natura.

"È effettivamente falso parlare di nazione tedesca,"[1] scolpì Thomas Mann.

Il territorio è tuttora abitato da renani, anseatici, vestfaliani, bavaresi, svevi. Più sassoni, turingi, pomerani (storicamente detti prussiani).

Catalogo di matrice tribale, confermato nei millenni.

La storia della Germania unita è avvicendamento al potere tra genti autoctone, solitamente feroce. L'unificazione di metà Ottocento fu realizzata dal ceppo prussiano, gravitante su Berlino, portatore di dottrina luterana. Decretato come superiore per aver piegato gli austriaci, altrettanto tedeschi, nella battaglia di Sadowa (1866), escludendoli dal nascente Secondo Reich. E per aver isolato i bavaresi, improvvisamente distanti dal gruppo culturalmente più affine. Nel 1872 a Lipsia andò in stampa il celebre dizionario Duden (Urduden nella sua versione primigenia) per fissare come (fintamente) nazionali ortografia e pronuncia prussiane – sebbene Johann Fichte considerasse la lingua tedesca esistente al di là degli uomini.

Il primo trasferimento di potere avvenne negli anni trenta, dopo l'incompresa fine nella Grande Guerra, quando la fazione austro-bavarese attribuì ai prussiani (e agli ebrei) la colpa della sconfitta, incarnando il revanchismo della popolazione, sognante la distruzione della supremazia planetaria di matrice anglosassone. Proveniente da Monaco e giunto a Berlino, il nuovo ceppo dominante elaborò il nazismo, glassatura ideologica della propria affermazione.

La catastrofe del Secondo conflitto mondiale produsse la partizione della Germania in territori retti da gruppi distinti, rispettivamente sottoposti alle due superpotenze.

La Repubblica Federale fu intestata dagli americani ai renano-anseatici, *wessi* in vezzeggiativo, lontani dal militarismo

[1] T. Mann, *Kultur und Sozialismus*, Fischer, Frankfurt am Main 1978, p. 71.

dei bavaresi. La Repubblica Democratica assegnata dai sovietici ai sassoni (prussiani), coniati come *ossi* nell'atto di sciogliere giuridicamente la patria che creò due Reich, ultima stampigliatura realizzata congiuntamente da Washington e Mosca prima di precipitare nella Guerra fredda.

Negli anni tale sdoppiamento, alimentato dalla propaganda americana e sovietica, aggravò lo iato esistente tra autoctoni. Con i bavaresi (temporaneamente) contenti di condurre vita a parte, riconosciuti dalla propria costituzione (1946), precedente quella federale (1949), come pertinenti uno Stato libero (*Freistaat Bayern*).

Etnicismo scientemente affidato al ripido federalismo di Bonn, approvato su altra carta intestata washingtoniana per scongiurare il dominio di un solo ceppo. Il disegno nella folgorazione di Franklin Delano Roosevelt, pronunciata con il regime nazista ancora respirante.

"La Germania non è pericolosa per la civilizzazione solo se divisa in 107 province."[2]

Nel corso dei decenni i tedeschi occidentali sono stati condotti fuori dalla storia, ormeggiati da Washington nel campo occidentale (*Westbindung*) tramite percepita vergogna per le nefandezze commesse (*Vergangenheitsbewältigung*) e le dolcezze materiali favorite dal Piano Marshall.

Per ridurre la locale eterogeneità e scongiurare l'implosione del paese, Secondo e Terzo Reich avevano esaltato il carattere "biologicamente tedesco" degli abitanti, prima escludendo ogni alterità, poi proclamando la ridicola superiorità della razza.

[2] Citato in "Foreign Relations of the United States, The Conferences at Cairo and Teheran, 1943", Office of the Historian U.S. Department of State.

Per perseguire il medesimo obiettivo il governo di Bonn istituì un sistema di welfare universalistico e capillare, cui devolvere gran parte del *surplus* commerciale. Ingranaggio che è tuttora ragione del funzionamento della Bundesrepublik.

Meno riuscita la trasmutazione antropologica dei tedeschi orientali, *curati* dall'irredentismo ma parzialmente massimalisti. Già nel 1952 la Ddr abolì i *länder* per ripristinare uno Stato centralizzato, venato di anonimi distretti, comprendenti perfino il situazionista Nuovo Brandeburgo.

Oltre l'Elba, la Prussia fu posta nel congelatore ma non obliterata. Nei decenni fu recuperata al folklore perché "eccezionalmente laboriosa e onesta", come da pedagogia statale.

Nel 1980 la statua di Federico II Hohenzollern, re della Prussia ascendente, fu riportata sull'Unter den Linden, massima prospettiva berlinese, al cospetto del segretario del partito comunista, Erich Honecker, lodante il bronzeo ritorno del "grande sovrano".

La più alta onorificenza dell'esercito democratico fu intitolata al ministro della guerra prussiano, Gerhard David von Scharnhorst, persuaso nell'Ottocento dell'alleanza con la Russia in funzione antifrancese.

In faccia all'ateismo si riesumò financo il luteranesimo, da opporre alla dirimpettaia Repubblica Federale mediamente cattolica, comprendente la *romana* Baviera.

Tanto *revival* prussiano ha confermato l'alterità dei sassoni (detti *orientali* presso di noi). Afferenti a un sistema che perse la Guerra fredda, nel 1990 i cinque *länder* orientali si lasciarono accorpare alla Repubblica Federale senza fiatare.

"Non è fusione tra Stati di medesima dignità,"[3] avvertì Wolfgang Schäuble, nativo di Friburgo in Brisgovia, allora

[3] Citato in A. Meakem, *A Tale of Two Germanies*, "Foreign Policy", 1 ottobre 2023.

ministro degli Interni, quasi recuperando la corrispondenza tra Africa ed Europa orientale siglata da Otto von Bismarck, rimbombante nella testa degli annessi.

Solo negli anni Duemila gli abitanti della ex Ddr hanno cominciato a reclamare maggiore riconoscimento. A veicolarne le istanze, alle altezze della sovrastruttura, il partito Alternative für Deutschland, calco dell'approccio antioccidentale che fu prussiano, centrato sulla biologia degli abitanti anziché sulla loro cultura. Nato nel 2013 e nel frattempo cresciuto esponenzialmente. Reso in programma elettorale: annunciata uscita dall'Euro, espulsione dei militari americani dal territorio federale, colossale riarmo del paese, immediata riconciliazione con Mosca, deportazione degli immigrati, compresi i rifugiati.

Nel sottosuolo della struttura, retorica contro la leadership renano-anseatica di ispirazione economicistica e filo-occidentale, alla testa del paese riunificato anche tramite cooptazione di figure allogene, ma di pensiero aderente ai mitologici *wessi* – su tutti, la sassone occidentalizzata Angela Merkel.

Nelle elezioni statali, celebrate nel 2023, Alternativa per la Germania ha rispettivamente ottenuto il 27,5%, il 23,5%, il 23,4%, il 21% dei voti nei *länder* orientali di Sassonia, Brandeburgo, Turingia e Sassonia-Anhalt.

Più importante, ha cominciato a raccogliere consensi in Baviera, svolta da matita rossa. Estromesso dalla classe dirigente perché brodo del nazismo, per decenni il *land* di Monaco s'è limitato a coltivare la propria differenza, cattolica e alto tedesca. Custodita da specifici partiti, filiazione non esatta di quelli federali, specie la Christlich-Soziale Union.

"Nella Berlino tedesca si respira clima antibavarese,"[4] ha

[4] Citato in *Söder beklagt "Anti-Bayern-Stimmung" und "Bayern-Bashing" in Berlin*, "Ntv", 1 agosto 2023.

imprecato nel 2022 il presidente Markus Söder, rivendicando cruda unicità.

I bavaresi respingono tanto la maggioranza renano-vestfaliana, conversante in tedesco piatto e tendenzialmente post-storica, quanto i rivali prussiani, gravemente evangelici e rei d'aver imposto nel XIX secolo l'unificazione dello spazio germanico. Dalla nascita della Repubblica Federale mai vi è stato un cancellerie di estrazione bavarese – l'unico a provarci fu Edmund Stoiber, senza successo. Più strano della finzione, nel 2023 Alternative für Deutschland ha ottenuto quasi il 15% dei consensi nel circondario di Monaco, confermandosi quasi al 13% nelle elezioni *europee* del 2024, sposando il sentimento antagonista della popolazione.

Come segnalato dalla vicenda di Hubert Aiwanger, vice di Söder, conservato nel ruolo nonostante il volantinaggio di ispirazione antisemita realizzato ai tempi del liceo. Cui si aggiunge il coevo successo elettorale di Bündnis Sahra Wagenknecht (Alleanza Sahra Wagenknecht), altro soggetto centrato sulla vecchia Prussia.

Sviluppo non ancora capace di spostare il paese. I *länder* dell'ex Germania Orientale costituiscono appena il 15% della popolazione federale, meno degli abitanti della sola Baviera, con i quali potrebbero raggiungere il 30% del totale demografico. Peraltro, la maggioranza dei tedeschi occidentali vanta straordinario benessere e un'età media di quarantaquattro anni.

Difficile perseguire la potenza o abbandonare il campo d'appartenenza (statunitense) immersi in tanta lussuosa senescenza.

Eppure abbastanza per aprire un nuovo conflitto tra le stirpi di dentro – l'ultima volta che i bavaresi si stanziarono a Berlino produssero la fase più tragica della storia umana. Gli apparati tedeschi, creati dagli americani al termine dell'ultima guerra mondiale e a questi tuttora fedeli, sono in allerta.

Nel 2020 l'Ufficio federale per la protezione della Costituzione (*Bundesamt für Verfassungsschutz*), incaricato di osservare attività politicamente illegali, ha messo sotto sorveglianza dirigenza e militanti di Alternative für Deutschland, specie l'ala oltranzista (*der Flügel*) capeggiata dal turingiano Björn Höcke.

Nel 2022 oltre sessanta persone sono state arrestate con l'accusa d'aver progettato un assalto al Bundestag per ricostituire la monarchia.

La più grande operazione di polizia nella storia della Repubblica Federale, con più di tremila agenti impegnati, contro il primo tentato golpe da quasi un secolo. Alla testa del nuovo/vecchio Stato sarebbe asceso per (silenziosa) acclamazione popolare il principe Heinrich XIII Reuss, discendente dei signori di Gera e Greiz, storici territori della Turingia orientale, nella ex Ddr.

Obiettivo ultimo: inaugurare il Quarto Reich. Azione impossibile, forse.

Di sicuro, la guerra in Ucraina aggrava lo scontro tra tedeschi.

Esclusi i belligeranti, invasori e invasi, la Germania è la grande sconfitta del conflitto ucraino, in duplice dimensione, tattica e strategica.

Se per volontà americana dalla riunificazione il paese è stato sospeso nel tempo, persuaso dell'immobilità degli scambi commerciali, antidoto contro ogni massimalismo, le bombe precipitanti sull'uscio hanno rotto l'illusione, portando la popolazione a un passo dalla realtà.

Fino a ieri, tre i pilastri dello sviluppo teutonico: manifattura sovradimensionata; possibilità di esportare ovunque; disponibilità di gas russo acquistato sottocosto e ricevuto su tubi esclusivi, sotto il pelo dell'acqua baltica.

Con l'occupazione russa delle terre ucraine, di questi uno soltanto (la produzione industriale) resta vivo, gli altri risultano ridotti (i mercati d'esportazione) oppure annullati (idrocarburi siberiani).

Assieme a Ucraina e Russia, la Repubblica Federale è l'unico soggetto ad aver subìto un'azione militare, urlo nel sonno teutonico.

A fine settembre 2022 le condotte di Nord Stream, infrastruttura che da Vyborg, nella regione di Leningrado, trasporta il gas russo a Greifswald, nel Meclemburgo, sono esplose con gorgoglianti effluvi sulle onde.

Nelle riprese dal drone, i cocci dell'intimità russo-tedesca, a lungo avversata dagli Stati Uniti e attuata da Berlino tramite Nord Stream, sigla in ibrido maccheronico (North Stream in inglese; Nord Strom in tedesco) risonante a Washington come grottesca.

Nel 2023 l'imposto crollo dell'importazione di gas siberiano, dal 55% al 9%, ha sprofondato l'economia tedesca in recessione, con le locali manifatture costrette a strapagare per saziare la propria fame energivora.

Mentre polacchi e romeni, avanguardia nella difesa di Kiev e principali interlocutori del Pentagono, si fanno aggressivi. "Non siamo più vostri vassalli,"[5] hanno chiarito da Varsavia all'indirizzo di Berlino.

Fine dello status quo, dunque aggravamento delle già esplose divisioni interne alla Repubblica Federale.

Improvvisamente, le sedate genti teutoniche si scoprono in aperto dissidio sul da farsi. Tra il Reno e l'Oder le ricette variano, con idee opposte sul ruolo nel mondo della Germania futura.

Sazia di benessere e protezione sociale lambenti la perfezione, la classe dirigente occidentale vorrebbe tenere la rotta,

[5] Citato in *Poland loves to hate Germany*, "The Economist", 5 gennaio 2023.

attuando un riarmo da realizzare soltanto nel campo washingtoniano, riducendo grandemente gli scambi con Pechino e confermando l'Euro.

Il 27 febbraio 2022, quarto giorno dell'invasione russa dell'Ucraina, il cancelliere Olaf Scholz, anseatico di Amburgo, annunciò un colossale riarmo. "Stiamo vivendo uno spartiacque nella storia. Il mondo non sarà più quello che è stato fino a ieri. [...] Tutto questo ci impone di dotarci di una nostra forza,"[6] gesticolò in parlamento.

Zeitenwende, "tempo della svolta" nella riduzione suggerita dai media locali, termine composto che avrebbe indignato Mark Twain, retto dal protoetimo indoeuropeo *wend*, medesima origine del nostro "guanto".

In lirica: occasione da agguantare al volo. In dati annunciabili a cena: fondo speciale da 100 miliardi di euro per la Difesa e 2% del pil da destinare ogni anno alla spesa bellica.

Proclama recepito al rovescio dalle anime del paese. Quasi il 60% dei tedeschi occidentali ritiene gli Stati Uniti un alleato affidabile.[7]

"È nostro dovere difendere l'Ucraina e porre fine ai crimini di guerra commessi dal Cremlino,"[8] ha tuonato il ministro degli Esteri, Annalena Baerbock da Hannover, con retorica puramente occidentalistica, utilizzabile senza variazioni a Washington come a Londra.

Diverso lo sguardo d'OltreElba. Solo parzialmente riprogrammati dagli americani, gli orientali vorrebbero archiviare il senso di colpa per le atrocità del passato, (ri)abbracciare unilateralmente Mosca, accrescere gli scambi con la Cina, financo

[6] Cfr. Regierungserklärung von Bundeskanzler Olaf Scholz, 27 febbraio 2022.

[7] Cfr. R. Semonsen, *Poll: Less than half of Germans support defending NATO allies*, "The European Conservative", 9 febbraio 2023.

[8] Citato in R. Taha, *Baerbock says Germany has a duty to end Russian war crimes*, "Deutsche Welle", 18 luglio 2023.

abbandonare l'eurozona. In chiaro: recuperare la peculiare via tedesca, a lungo protocollata *Sonderweg*.

Il 59% dei tedeschi orientali incolpa la Nato della guerra ucraina.[9] Sicché Berlino dovrebbe convogliare alla propria Difesa gli aiuti finora consegnati a Kiev. Riarmo sì, ma fuori dall'orbita americana.

Per Hans-Thomas Tillschneider, parlamentare di Alternativa per la Germania nella Sassonia-Anhalt, anche l'opportunità di aprire a Mosca.

"È stata l'Unione Sovietica a liberarci, non gli Stati Uniti, eppure migliaia di soldati americani ancora occupano il nostro territorio,"[10] ha obiettato, dentro un conflitto narrato come estrema competizione tra bene e male.

Risultato: per ora il riarmo tedesco resta introvabile. Nel 2023 il budget delle forze armate è cresciuto di 1,7 miliardi di euro, fino ai 51,8 miliardi, molto meno di quanto inizialmente previsto.[11] E il mitologico 2% del pil sarà centrato, forse, entro cinque anni.

Lo iato intratedesco si palesa anche intorno alla Cina, formidabile mercato di sbocco per l'industria teutonica già vedova della Russia, reso parzialmente inaccessibile dall'offensiva di Washington contro Pechino, specie nei comparti di maggiore tecnologia – tecnologia *duale* secondo dolosa dizione d'oltreoceano.

Dopo vaglio del Pentagono, ancora nel 2023 Berlino ha diffuso il primo documento definito *strategico* in altro inglese maccheronico (*National Security Strategy*) che descrive come insidiosa l'ascesa han.

"La Cina è cambiata e pertanto anche il nostro approccio

[9] J. Kastner, J. Hewson, *Why does eastern Germany love Putin so much*, "Foreign Policy", 17 settembre 2023.

[10] *Ibidem*.

[11] *German Cabinet approves a lower 2024 budget as it eyes a return to financial "normality"*, "The Associated Press", 5 luglio 2023.

nei suoi confronti dovrà cambiare,"[12] ha nuovamente interpolato Baerbock, agente degli americani nell'Havana germanica, applicando l'immancabile discrimine dei diritti umani, misconosciuti nel pianeta tranne che in Occidente. Senza curarsi della pressione della manifattura locale.

Loro opposto, sassoni e brandeburghesi (prussiani) vorrebbero aumentare i traffici con Pechino.

"Non pieghiamoci all'ideologia e agli interessi americani contro Pechino,"[13] ha inveito il presidente di Alternative für Deutschland, Alice Weidel, predicante nella vestfaliana terra degli infedeli.

Divaricazione declinata anche sull'Eurozona, pregiato patrimonio tedesco, da ripensare nei prossimi anni con masochistica disinvoltura. Fino a immaginarne l'archiviazione.

Nel 1989, la caduta del Muro fu percepita sciagura dai contemporanei dell'Europa occidentale. La possibilità che con un colpo di penna la Repubblica Federale, già prima potenza economica, diventasse il paese più popoloso del continente con oltre ottanta milioni di abitanti, diciassette milioni offerti (non troppo) gentilmente dall'ex Ddr, gelò i principali governi del tempo.

La convinzione che l'equilibrio regionale fosse manutenibile solo in assenza della Grande Germania era assai diffusa. È di quei giorni il celeberrimo spirito di Giulio Andreotti, "amo talmente la Germania che ne vorrei sempre due", raccontato come autografo da François Mitterrand in numerosi convivi. Tremante di paura, Margaret Thatcher addirittura chiamò al telefono il russo Mikhail Gorbaciov per supplicarlo di agire

[12] Citato in G. Moulson, *Germany presents long-awaited strategy on China, stresses economic security*, "Associated Press", 13 luglio 2023.

[13] Citato in M.V. Hein, *China courts Germany's far-right populist AfD*, "Deutsche Welle", 8 novembre 2023.

contro la riunificazione, mostrando non esatta coscienza del momento vissuto dalla morente Unione Sovietica.

Testimoni raccontano come impagabile la faccia del capo del Cremlino nell'ascoltare la questua dell'odiata signora, peraltro appena successiva all'umiliante carteggio con cui l'ayatollah Khomeini invitava Mosca ad abbandonare la lotta di classe per trovare nello sciismo una rinnovata missione imperiale.

Profonda contrarietà per l'estensione della Repubblica Federale assente nei libri di testo della nostra Repubblica, descriventi *il luminoso europeismo* che avrebbe mosso le cancellerie.

A piegare le feroci resistenze fu l'intervento degli Stati Uniti, impegnati a tirare verso sé l'intera Germania, più l'Europa orientale, prima che Mosca tornasse a reclamarne il possesso. Economicistici dunque improbabili i termini del compromesso stilato su impulso washingtoniano.

Per riunificarsi la Germania avrebbe rinunciato al marco, ritenuto principale patrimonio di Bonn, sostituito dal successivo euro, pensato per indebolire il nuovo soggetto ingrandito.

Nella soluzione si introdusse il nostro paese, accolto nel nascente euro in mancanza dei parametri fiscali richiesti, giacché pronto a consegnare la propria manifattura alla catena del valore tedesca, in cambio della garanzia fornita da Berlino ai mercati intorno al nostro debito. Abbandono della concorrenziale industria italiana, lunga vita ai conti in banca.

Negli anni i tedeschi occidentali hanno superato l'iniziale rancore per una moneta percepita come imposta, giacché questa ha finito per favorire il loro paese, fornendo sfera d'influenza in comodato d'uso e la possibilità di esportare in territori altrimenti inattingibili.

Pure dopo lungo ponderare, negli anni la classe dirigente di ispirazione renano-vestfaliana s'è più volte prodigata per salvare l'Eurozona.

Nel 2021 Berlino ha accettato di fungere da garante per l'emissione di bond da parte della commissione brussellese, unica sostanza del Next Generation Eu – dicitura sulla coscienza di numerosi studi di marketing.

Piano compilato per salvare anzitutto l'Italia, quindi il resto. Secondo imprimatur comunitario, "poderoso scatto in avanti dellEuropa", da schioccare senza apostrofo. Nei corridoi del Reichstag, soccorso obbligato per satelliti industriali e commerciali. Con l'aggiunta di paletti politici e fiscali per ricevere le *tranche* previste, nella speranza che una stereotipata sciatteria privi Roma di alcune rate.

Buon tono da interesse monetario che potrebbe dileguarsi.

Nata per archiviare quel marco federale che mai fu della Ddr, l'Eurozona è per i sassoni una bolletta eccessivamente esosa. Se dopo lunghe paturnie renani, anseatici o vestfaliani hanno regolarmente salvato l'architettura europeista, l'avvento al potere degli *ossi* potrebbe innescare l'affrancamento da responsabilità ritenute indebite.

"L'Euro fu un grave errore, subìto dai nostri territori, al quale rimediare con l'abolizione dell'intera Unione Europea,"[14] ha imprecato Tino Chrupalla, altro capo di Alternativa per la Germania, nativo nella sassone Oberlausitz.

Nei prossimi anni la crisi economica potrebbe approfondire la battaglia domestica. Buona fetta del pil federale è devoluta in stato sociale per livellare differenze etniche altrimenti incomponibili. Strumento che nel tempo ha placato la rabbia dei sassoni, anche blandendo la percepita mortificazione avvertita ai tempi della riunificazione, quando molti connazionali attraversarono l'Elba con piglio da coloni.

Ogni decurtamento degli ammortizzatori sociali può ac-

[14] Citato in R. Semonse, *AfD Leaders call for the orderly dissolution of the EU*, "The European Conservative", 24 giugno 2023.

crescere il risentimento degli orientali, già lontani dal resto per reddito pro capite. Fino a provocare l'impasse nel paese.

Con immediato effetto su noialtri, appesi a ogni variazione dell'umore tedesco, raccontato come insondabile. Cosa la Germania vorrà essere da grande dovrebbe costituire massima ossessione degli italiani.

La possibilità di sostenere il nostro debito, di dilatare nel tempo il declino che ci avvolge, si regge su rabberciati piani di *resilienza* (*sic*) benedetti dalla Repubblica Federale – con quasi 670 miliardi di euro, la sola Baviera è il maggiore contributore dell'Unione Europea.

Il compromesso siglato negli anni novanta – l'industria italiana inserita nella catena del valore tedesca per continuare a campare a debito – è motivo stesso della nostra sopravvivenza.

Finora ogni colpo di testa germanico è rientrato in nome della razionalità kantiana. Ma nel paese della sensibilità che fu romantica non tutto aderisce all'utilitarismo, molto avanza per strappi di passione. Dopo due guerre mondiali combattute su troppi fronti, il mito della logica teutonica dovrebbe risultare anacronistico.

E stavolta agiscono ceppi tedeschi a lungo esclusi dal potere, con l'aggravante d'essere gli unici ancora parzialmente nella storia.

Senso di rivalsa più crudezza: pozione esplosiva. La scalata cominciata dai sassoni (prussiani), con la presenza dei bavaresi, informerà il continente che abiteremo. Già adesso l'abbandono del recinto convenzionale seduce quel 47 % della popolazione tedesca che trova accettabile l'ingresso nel governo di Alternativa per la Germania.[15]

Tanto vale poggiare l'orecchio sul suolo, per decrittare

[15] R. Semonsen, *Half of Germans Support AfD's Participation in Government*, "The European Conservative", 17 ottobre 2023.

uno spostamento ancora distante ma in avvicinamento. Sotto i partiti.

Le convulsioni sono rintracciabili muovendo dal Reno all'Oder, nella presunta mitezza del contesto. Ben più rilevanti di ogni elezione venduta come europea e celebrata a livello nazionale per eleggere un parlamento itinerante che si riunisce tra Bruxelles e Strasburgo, deputato a produrre soluzioni tecniche per concessione degli Stati.

Nei prossimi anni le anime di Germania continueranno a combattersi per tracciare il proprio futuro. E il nostro.

X.
Perché la Brexit

Nella sovrastruttura la Brexit pare questione elettorale, a metà tra il nazionalismo (di chi?) e il populismo (massima finzione). I britannici, altra categoria inesistente, avrebbero scelto di recedere dall'Unione Europea per arginare l'immigrazione, recuperare i fondi versati nel bilancio comunitario o, ancora peggio, perché ingannati da una propaganda fraudolenta – le collettività sarebbero puntualmente composte di minorati facilmente traviabili, al contrario di noialtri, sempre consapevoli e smaliziati.

Negli eventi: la Brexit fu esclusiva e cosciente volontà degli inglesi, intesi come popolo non come metonimia, che vollero abbandonare l'Unione Europea perché questa, attraverso il mito delle micropatrie, esaltava le spinte centrifughe interne al Regno Unito.

Obiettivo ultimo dei *brexiteer* era conservare intatta la Gran Bretagna comprendente l'Irlanda del Nord, residuo imperiale minato dal crescente indipendentismo di scozzesi, gallesi e nordirlandesi (cattolici), da trattenere innalzando una nuova frontiera con il resto del continente.

Extra omnes ordito perfino contro Londra, capitale post-storica e aliena alle istanze della collettività originaria.

Con il rischio di accelerare le dinamiche che si vorrebbero inibire.

In piena decadenza gli imperi sperimentano la lenta dissoluzione di sé, fenomeno che può durare decenni, a volte secoli. Lo si può rallentare o temporaneamente sospendere, ma non invertire.[1] In atto dalla prima metà del Novecento, negli anni il declino ha privato il Regno Unito di tutte le colonie. E da tempo lambisce le nazioni interne.

Evoluzione intollerabile per gli inglesi, unici titolari dell'impero altrimenti detto *britannico*, autocefali e dunque diasporici, abitanti il paese profondo. Allevati a ordine e storia, non accettano che la Scozia possa conquistare l'indipendenza, che l'Ulster possa (ri)congiungersi a Dublino o che Londra si percepisca pertinente l'intero pianeta.

Il Regno Unito è fossile della loro epopea, quanto ne resta dopo la ribellione delle province statunitensi, dopo lo sganciarsi dei *dominion* nordamericani e oceanici, in seguito alla decolonizzazione afroasiatica. Progenie di una violenta fusione tra celti, romani, sassoni e normanni – specie gli angli, originari dell'omonima penisola sporta sul Mar Baltico – gli inglesi sono una popolazione germanica, parlante idioma post-teutonico intriso di latinismi importati dai franco-normanni. Viceversa, scozzesi, irlandesi e gallesi sono celti.

Finché sopravvive, il Regno Unito appartiene esclusivamente agli inglesi. Gli altri sono associati, sottoposti al canone germanico. Il re è titolare soltanto della Chiesa anglicana, non delle confessioni cui afferiscono le etnie autoctone. Non della Chiesa presbiteriana scozzese, né di quella quacchera. Qui esiste la Banca di Inghilterra, non quella britannica.

Le province sono dotate di parlamenti e uffici locali, mentre gli inglesi mancano di istituzioni specifiche, poiché deten-

[1] Cfr. D. Fabbri, *Geopolitica umana,* Gribaudo, Milano 2023.

tori della potestà assoluta, viventi nella simbiosi tra rappresentatività propria e generale.

Fu nel Medioevo che gli inglesi cominciarono a dominare l'arcipelago *domestico*. Nel XIII secolo annessero il Galles, battezzando *prince of Wales* il proprio erede al trono, affinché i celti occidentali non potessero reclamare sovranità.

Nel XVI secolo si sottrassero all'autorità di Roma, intestando al re (o alla regina) la Chiesa nazionale, senza rivedere sensibilmente la teologia (Atti di supremazia, 1534 e 1559). Allora il Galles, già sottomesso, abbracciò la neonata confessione anglicana, rinunciando a elaborare una propria confessione, fondendosi anche spiritualmente nel più potente vicino.

Nei secoli successivi gli inglesi si lanciarono alla conquista di Irlanda e Scozia. Dopo aver invaso le province di Munster e Leinster, nel 1614 esautorarono la maggioranza autoctona del parlamento dublinese. L'intera isola smeraldina fu domata, resa colonia.

Contadini quaccheri della Cumbria e razziatori presbiteriani delle Lowlands scozzesi, dunque celti come gli irlandesi, furono spediti nella regione settentrionale dell'isola (Ulster) per popolarla e produrre "perenne fedeltà a Londra". Su tutti, circa novemila *squatter* scozzesi sottomisero gli indigeni, occupando inizialmente un quinto del territorio.

Ma la loro superiorità numerica non strappò il potere ai germanici. Lassù il clero anglicano si impose su quello presbiteriano.

All'inizio del Settecento gli inglesi presero anche la Scozia, ponendo fine a una rivalità di origine primordiale. Per secoli Edimburgo aveva invocato la protezione della Francia, principale nemica dell'Inghilterra di cui voleva insidiare la tenuta interna.

Gli scozzesi avevano partecipato alla causa francese in molteplici occasioni, tra queste l'assedio di Orléans (1428-

1429), noto in storiografia leaderistica per la presenza di Giovanna d'Arco.

"In ogni combattimento in cui per cinque secoli vi fosse in gioco il destino della Francia, abbiamo sempre avuto gli scozzesi al nostro fianco. [...] Non vi è stato popolo più generoso verso di noi," si sciolse Charles de Gaulle nel 1942.

L'alleanza fu confermata in automatico fino al 1560 – la Garde écossaise continuò a proteggere i re di Francia per oltre trecento anni. Fino alla battaglia di Culloden (1746), quando i giacobiti cattolici furono annientati dagli inglesi. Evento celebrato per oltre due secoli nella sesta strofa dell'inno inglese *God save the King/Queen*: "Signore, fa' che il maresciallo Wade possa con il tuo potente aiuto ottenere la vittoria. Possa egli soffocare la sedizione e, come un torrente travolgente, schiacciare i ribelli scozzesi. Dio salvi il re".

Dopo la Piantagione d'Irlanda, gli inglesi seppero porre gli scozzesi protestanti delle Terre basse contro i compatrioti cattolici delle Highlands, reprimendo le ribellioni, proibendo il tartan, perseguendo i fedeli di Roma.

Gli scozzesi conservarono la Chiesa presbiteriana e il diritto continentale come cifra distintiva, ma adottarono la lingua di Shakespeare – alla fine dell'Ottocento i vittoriani avrebbero financo provato a rinominare il territorio in Bretagna del Nord.

Nel 1707 l'Inghilterra realizzò il totale controllo sull'arcipelago. L'impero fu ribattezzato "britannico" per stemperare la sottomissione degli scozzesi, attraverso la riscoperta del demotico latino, altrimenti sprofondato nell'oblio per milleseicento anni.

Un secolo dopo il Regno fu nuovamente rinominato "United Kingdom" per edulcorare la formale annessione dell'Irlanda (Atto d'unione, 1801), dizione che propalava un posticcio processo di matrice nazionalistica, come nell'Europa continentale attraversata dal Romanticismo.

Finalmente unito, il paese tornò alla conquista del pianeta, parzialmente sospesa durante le guerre intrabritanniche, stavolta coinvolgendo nel progetto anche scozzesi e gallesi (parzialmente gli irlandesi).

Impegnati a sterminare gli indigeni d'Oltremare e a godere delle ricchezze trovate nelle province, i sudditi di Londra trasferirono all'estero la frustrazione percepita in patria. Il dominio sul globo si fece proposito superiore, capace di attenuare le contese isolane.

Come segnalato dai toponimi scozzesi, gallesi, irlandesi sparsi nei possedimenti coloniali. Tra questi: Albany, Bangor o Cork negli Stati Uniti; Nova Scotia, Cardiff o Kilkenny in Canada; Perth, Llandilo o Dublin in Australia.

Nonostante la sconfitta subita negli Stati Uniti, nel XIX secolo il *British Empire* raggiunse la massima estensione. Egemone, inarrivabile su un quarto delle terre emerse e un quinto della popolazione mondiale. Dal Canada all'India, dall'Australia a Hong Kong, dall'Egitto al Sudafrica.

Prima dell'inaggirabile declino, miccia per il *vulnus* interno. Già in crisi all'alba del XX secolo – nel 1921 l'Irlanda raggiunse l'indipendenza, con la sola Ulster rimasta a Londra –, l'impero scomparve con il disastro della Seconda guerra mondiale, strapersa sul piano strategico. Tra il 1946 e il 1997 ogni colonia guadagnò sovranità, tranne pochi possedimenti disabitati.

Malgrado il fallimento, gli inglesi mantennero un antico complesso di superiorità, non rinnegarono sé stessi. Neppure dopo aver perduto la perla d'Asia.

Nella sentenza della scrittrice pakistana Kamila Shamsie: "Tutti i conquistatori dell'India sono diventati indiani: i turchi, gli arabi, i mongoli, i persiani. Alla caduta del loro regime, i discendenti sono rimasti nel subcontinente. Non gli inglesi. Quando questi persero la colonia, se ne tornarono senza strazi nel Kent o nell'Essex".

Contrari al mutamento, provarono a puntellare quanto

avanzato dalle precedenti imprese. Con scarso successo. La nascita del Commonwealth (1949) fu presentata ai sudditi come prolungamento dell'impero, non come suo superamento.

E nel 1972 accettarono di aderire alla Comunità economica europea su considerevole pressione degli americani che li volevano propri rappresentanti presso le cancellerie continentali. Visione riluttante dell'integrazione comunitaria che gli inglesi non avrebbero mai abbandonato. Nello stesso periodo lo smembramento dell'impero toccò il nucleo iniziale, ovvero Gran Bretagna e Irlanda del Nord.

Il processo assunse spaventosa velocità. Nel 1968 cominciarono nell'Ulster i cosiddetti *Troubles*, cominciati dai gruppi paramilitari cattolici che reclamavano la secessione.

Downing Street rispose ordinando la più lunga campagna militare della sua storia, condotta principalmente da soldati inglesi nelle contee di confine abitate dagli indipendentisti.

La "lunga guerra" provocò la morte di oltre 3500 persone, tra queste 1800 civili e 750 militari. Sull'altra riva del mare, nell'ottobre del 1974 il Partito nazionale scozzese ottenne più del 30% dei voti, il più straordinario risultato dalla sua nascita, annunciando l'instabilità che avrebbe presto scosso il territorio.

Dissoluzione proseguita negli anni novanta, mentre Londra si trasformava in città sradicata e soltanto finanziaria. Se nel 1979 il 40% degli scozzesi si definiva *britannico*, vent'anni dopo appena il 13% si dichiarava *british*, a fronte di un 80% che si considerava semplicemente *scotch*.[2] Su imbeccata degli americani, convinti che l'Irlanda sia destinata all'unificazione, nel 1998 Londra e Dublino firmarono l'accordo del Venerdì Santo che prevede(va) il congiunto governo di repubblicani e unionisti nell'Irlanda del Nord.

[2] Cfr. *"Forced choice" national identity*, What Scotland Thinks, 18 marzo 2020.

Gli inviati d'Oltreoceano, specie il senatore George Mitchell, di chiare origini irlandesi, costrinsero gli inglesi ad accettare che in futuro l'Ulster possa stabilire tramite referendum il proprio destino, specie se la maggioranza della popolazione diventasse cattolica.

Nello stesso periodo il governo londinese accordò elevata autonomia alle province, nel tentativo di frenarne i sogni eversivi. Fu decretata la devoluzione dei poteri verso il parlamento di Edimburgo e le assemblee di Belfast e Cardiff.

Fino al referendum per l'indipendenza scozzese celebrato il 18 settembre 2014. Tremendo choc per il dominante ceppo inglese, improvvisamente cosciente di poter perdere le Highlands. Nella consultazione gli unionisti si imposero con il 55,3% dei voti contro il 44,7% ottenuto dai secessionisti. A determinare l'esito, soprattutto la minaccia del governo centrale di escludere dall'Unione Europea un'eventuale Scozia indipendente, per potere di veto riconosciuto a ciascun Stato membro. Scenario esiziale per gli scozzesi che da tempo utilizzavano le istituzioni comunitarie, ovvero la cancelleria francese, per schermarsi dall'ingerenza di Londra.

Per gli inglesi, fu l'ora della consapevolezza. L'impero poteva crollare dal di dentro, urgeva un gesto di rottura.

Asterisco di grammatica strategica. L'Inghilterra non può rinunciare né alla Scozia né all'Irlanda del Nord – neppure al Galles. Il controllo dell'antica Caledonia impedisce a una potenza ostile di attaccarla da settentrione, di soffocarla in una tenaglia in caso di contemporanea aggressione da sud. Come in passato vi riuscirono i vichinghi o sognarono i francesi. Il dominio sull'Ulster impedisce a un nemico di attaccarla da occidente, sottraendole il Mare d'Irlanda, colpendo Liverpool o Manchester.

Nel tempo numerosi popoli provarono a stanziarsi nell'Isola Verde per attaccare l'Inghilterra. Tra Rinascimento e modernità, italiani al soldo di numerosi Stati (specie quello pontificio), spagnoli, francesi. Durante la Seconda guerra mondiale, i tedeschi progettarono di prenderla (Unternehmen Grün). Peraltro, la presenza inglese tra Belfast e (London)Derry spezza il legame culturale tra i gaelici di Scozia e d'Irlanda.

Anche il Galles è diaframma tra Londra ed eventuali assalti provenienti da ovest. Per questo, tre secoli dopo la Piantagione d'Irlanda, dagli anni settanta del secolo scorso migliaia di inglesi si sono stabiliti nella regione di Cardiff. E oggi sono maggioranza relativa nelle contee orientali di Denbighshire, Powys, Wrexham, Monmouthshire.

In reazione alla dissoluzione è gemmato il referendum del 2016, voluto dai soli inglesi per uscire dall'Unione Europea e costringere (nuovamente) nel Regno le riluttanti minoranze celtiche. Quaggiù interpretato come disputa in materia di immigrati e fondi nazionali, tra populismi e internazionalismi – il mancato approfondimento storico e antropologico rende il mondo falsamente comprensibile e simile.

Allora il 62% degli scozzesi e il 55% dei nordirlandesi scelse di rimanere nella costruzione comunitaria, mentre il 54% degli inglesi votò *Leave* – i londinesi preferirono il *Remain* con il 59%. Consueto esercizio di solipsismo, anziché nominarlo *Englexit*, i media locali ribattezzarono *Brexit* lo storico momento.

Sotto le percentuali, respiravano le differenze nazionali, da noi scambiate per *clivage* di classe o di istruzione. Il Lincolnshire e le Midlands, da sondaggio le regioni più orgogliose d'essere inglesi, votarono *Leave* quasi per il 60%. Assieme a queste il Galles, da troppo tempo intrinseco agli anglosassoni per scegliere diversamente. E la porzione protestante e unionista dell'Ulster, sentimentalmente al fianco dei *compatrioti* di *Albione*.

Alla Brexit si sommò la cosiddetta *Global Britain*, ufficialmente il tentativo di supplire alla rinuncia del mercato europeo tramite trattati commerciali da siglare con le ex colonie.

Quasi la questione fosse economica – Boris Johnson provò rozzamente a spazzare gli equivoci con un epigrafico "fuck business!". Piuttosto, come ai tempi dell'impero, *Global Britain* era (è) tentativo di spostare verso l'esterno il rancore delle genti di dentro.

Anziché pensare alla mancanza di indipendenza interna, scozzesi e irlandesi cattolici dovrebbero concentrarsi sulle (presunte) opportunità fornite dai legami con l'anglofonia, altra invenzione di natura letteraria.

Di certo, la Brexit ha cagionato la presenza di un confine commerciale tra Inghilterra e Ulster, tramite accordo comunitario che sottrae a Downing Street il totale controllo sull'Irlanda del Nord. Ufficialmente per scongiurare il ritorno della frontiera tra le due Irlande, i principali governi del continente, dietro maschera europeista, hanno preteso il mantenimento di Belfast nel mercato comune. Su tutti, la Francia, dopo secoli ingolosita dall'opportunità di amputare Londra.

Tra il 2016 e il 2021, le parti hanno firmato e rivisto uno specifico protocollo che prevede fiscalità separata tra Ulster e Gran Bretagna, nonché ispezioni doganali nei porti nordirlandesi sui prodotti britannici trasportabili nell'Eire.

Per la prima volta dal XVII secolo, adesso l'Ulster figura più dentro l'isola smeraldina che sotto Londra. Sviluppo nefasto per la strategia inglese, fortemente avversato dagli unionisti, timorosi d'essere abbandonati al proprio destino. E platealmente sostenuto dai repubblicani, certi sia il principio dell'unificazione, anticipo della fine del Regno.

In tale clima il ritorno della tensione s'è fatto inevitabile. Nel 2021 sono esplosi scontri settari in tutto l'Ulster. Tra il 30 marzo e il 9 aprile a Belfast, Waterside, Derry, Newtownabbey, Carrickfergus si sono registrati pestaggi e lanci di bottiglie molotov tra attivisti e forze dell'ordine, con un imprecisato numero di feriti tra i civili e quasi cento contusi tra gli agenti di polizia. La più grave ondata di violenza dai tempi dei *Troubles*.

Numerose anche le minacce ricevute dai doganieri dei porti di Belfast, Larne, Warrenpoint incaricati di verificare le merci provenienti dal resto del Regno, additati come traditori dagli unionisti. Specie a Larne, nella contea di Antrim, città storicamente essenziale per la presenza inglese nel territorio. Qui nel 1914 sbarcarono 25 mila militari britannici e tre milioni di munizioni per sostenere i protestanti contro la rivolta cattolica. E nel 1974 il personale del porto innescò il blackout dell'Ulster per provocare la caduta del primo governo interconfessionale.

Difficile stabilire tra quanto tempo le tendenze centrifughe produrranno la definitiva estinzione del Regno, verosimilmente in forma violenta. Per ora la situazione pare dormiente, ma il processo continuerà nei prossimi decenni. Tra i massimi eventi della contemporaneità.

Rilevamenti recenti mostrano una notevole incertezza in Scozia, con il 45% di secessionisti contro il 49% di unionisti e il 6% di indecisi. Medesimo fenomeno per l'Irlanda.

Qui il 40,5% degli ulsteriani vorrebbe l'Irlanda unita, il 48% si dice contrario e il 17,5% è indeciso.[3] Ma in Irlanda del Nord cresce la popolazione cattolica, dunque di principale ascendenza autoctona, estranea agli inglesi e alla superiorità dell'impero.

Trentacinque per cento del totale nel 1971, oggi i fedeli di Roma toccano il 42%, con il 17% contrario a dichiarare la propria confessione. Svolta che, per legge, condurrebbe a un referendum sul tema.

[3] Cfr. S. Pogatchnik, *Poll shows Irish support unification but don't want to pay for it*, Politico.eu, 1 maggio 2021.

Più importante, il sentimento indipendentista è maggiore nelle nuove generazioni, ormai dimentiche delle guerre combattute al fianco degli inglesi in giro per il mondo.

In Scozia, il 67% della cittadinanza sotto i 25 anni vorrebbe la secessione e in Ulster lo stesso gruppo di età è favorevole per il 51% a unirsi a Dublino, con netta crescita negli ultimi vent'anni.[4] Le guerre di indipendenza scozzesi (1296-1328 e 1332-1357) continuano ad accendere il folklore locale, specie tra i più giovani.

Molto dipenderà dal ruolo degli Stati Uniti. Con gli irlandesi come secondo ceppo di origine della propria popolazione, la superpotenza guarda favorevolmente all'irredentismo *verde*, valuta insopportabile la presenza inglese oltre il Mare d'Irlanda.

Se gli ulsteriani cattolici segnalassero in maggioranza di volere la secessione, Washington premerebbe su Londra affinché esprimano tale volontà, imponendo il corso degli eventi.

Al contrario, negli Stati Uniti il nazionalismo di Edimburgo risulta più oscuro: nel Nuovo Mondo gli scozzesi si sciolsero immediatamente tra i creoli di origine inglese, nel frattempo divenuti episcopaliani.

Per salvare il salvabile (e sé stessi), nel tempo corrente gli inglesi si aggrappano al post-storicismo di scozzesi e irlandesi, unico argine alla dissoluzione, come capitato in Catalogna nei confronti della Spagna.[5] Soltanto un approccio utilitaristico alle cose del mondo può consigliare ai celti irredenti di rimanere. Perché nessuna collettività dedita al benessere, alla compiutezza sociale può abbandonare la *Englishness*. Neppu-

[4] Citato in *Scottish nationalism and the politics of patience*, "The Economist", 7 gennaio 2021.

[5] Cfr. D. Fabbri, *Atlante Storico. Dal Novecento ai giorni nostri*, Gribaudo, Milano 2024.

re quella che ha subìto vessazioni per secoli, immemore di ciò che fu poiché precipitata oltre la storia.

Di qui, anche il sostegno finanziario garantito dagli inglesi alle altre nazioni di dentro.

Tramite gettito fiscale di Londra e delle contee meridionali, ogni anno questi versano circa 600 milioni di sterline al Galles, poco meno di un miliardo alla Scozia, 15 miliardi all'Irlanda del Nord,[6] affinché pure la popolazione cattolica consideri vantaggioso vivere nel Regno Unito anziché nell'Eire. Manovra replicata in molti territori di frontiera, anche nel nostro Alto Adige cui è consentito trattenere le tasse per inibire i propositi secessionisti.

Altrimenti la parabola è segnata. Se gli irlandesi cattolici dell'Ulster riemergessero al massimalismo e volessero rovesciare lo status quo, assisteremmo a una drammatica entropia.

A poco servirebbe appellarsi all'illegalità delle loro rivendicazioni o alla "natura imperitura" delle istituzioni. Con la concreta possibilità che, assieme al Regno Unito, imploda anche Londra. Megalopoli scintillante, la capitale è al contempo straordinario patrimonio e limite soffocante. Massima piazza finanziaria del mondo, dotata di un pil da media potenza, fornisce al paese un terzo della sua ricchezza.

Abitata da quattordici milioni di persone, città natale per oltre duecento etnie, è impareggiabile prodigio urbano. Ma è pure costruzione smaccatamente insulare, centrata sui titoli derivati, convinta d'esistere fuori dal tempo e dallo spazio. Anteprima di ogni fallimento.

Al di là della deregolamentazione, la potenza della City è sostanziata dalla percepita stabilità del Regno Unito, dalla certezza che la sua esistenza sia inscalfibile, che il regime che

[6] Cfr. *Record £15 billion per year for Northern Ireland*, Gov.Uk, 28 ottobre 2021.

la governa sia destinato all'eternità – sull'isola non esiste neppure una Costituzione. La possibile disintegrazione del paese potrebbe privarla di ogni certezza, consegnandola al sospetto degli investitori domestici e internazionali.

Fino a costringerla nuovamente sulla terra, dunque sull'isola in cui è sorta. Nel momento più difficile.

Come ovvio, quaggiù si attribuirebbe tanta svolta al leader o al partito di turno o a chissà quali interessi economici. Senza considerare le dinamiche di un processo che dura almeno da sei secoli. Per il nostro puntualissimo stupore.

XI.
Il valore del Messico

Ad ascoltare il coro, il Messico è Stato ai limiti del fallimento, se non già fallito. Potere delle serie televisive, standardizzate dunque fruibili ovunque, incomprensibile passione (non solo) italiana. Oppure è raccontato come meta turistica, intrisa di terzomondismo o esotismo.

Nulla di più insensato. Il Messico è la principale insidia terragna degli Stati Uniti d'America. Questo è. Abitato da una popolazione giovane e prolifica, stanziata anche oltreconfine, portatrice di un inscalfibile modello culturale, è capace di condurre l'egemone all'implosione.

Affacciato su due oceani, è incastro complesso. Washington necessita dei *mexican-americans* per mantenere giovane e violenta la sua popolazione,[1] ma ne teme l'irredentismo, increspato dalla riluttanza nel convertirsi all'evangelismo. Di qui la volontà di completare il muro alla frontiera, per inserire un diaframma fisico tra i messicani nati tra Texas e California e la loro madrepatria originaria. In vista dello scontro definitivo.

Storicamente le travagliate relazioni tra Stati Uniti e Messico sono state segnate da territorio e demografia. Già agli inizi del XIX secolo, gli americani ritenevano i possedimenti stra-

[1] Cfr. D. Fabbri, *Geopolitica umana*, "Imperi", Gribaudo, Milano 2023.

nieri sul continente un intollerabile inserimento nella propria espansione.

Per allontanare la prima linea di difesa dal cuore geografico e aumentare i commerci, la nascente nazione anglosassone necessita(va) di affacciarsi compiutamente sull'Oceano Pacifico, allora accessibile solo attraverso l'Oregon, occupato assieme agli inglesi.

A interessare gli statunitensi erano, in ordine di rilevanza, le province del Coahuila y Tejas, dell'Alta California, del Nuevo México e di Sonora. Inizialmente provarono ad acquistare il Tejas, territorio cuscinetto posto tra il bacino del Mississippi e la possibile ingerenza di una potenza straniera.

Nel 1825 il presidente John Quincy Adams nominò Joel Poinsett, un caroliniano con notevole esperienza negli affari latinoamericani, legato presso il governo di Guadalupe Victoria, con l'incarico di condurre la transazione. Il segretario di Stato, Henry Clay, stilò un tariffario ascendente, in relazione al fiume sul quale i messicani avessero acconsentito di ritirarsi.

Dal Pecos, al Colorado, al Brazos. Fino al Rio Grande, Río Bravo del Norte per i meridionali ispanofoni, pensato come obiettivo ottimale ma velleitario. "Quanti soldi vorranno i messicani per il Tejas? Un milione di dollari basterà?"[2] ponderò Adams. La risposta fu ruvida.

Dichiarato *persona non grata*, Poinsett fu imbarcato su una nave in partenza da Veracruz. Convinto che il diniego fosse questione pecuniaria, cinque anni dopo il presidente Andrew Jackson istruì l'ambasciatore Anthony Butler a offrire qualsiasi somma in cambio del riconoscimento del 37° parallelo come nuovo confine bilaterale. Con lo stesso deludente risultato.

[2] Citato in W.H. Goetzmann, *When the Eagle Screamed: The Romantic Horizon in American Expansionism, 1800-1860*, University of Oklahoma Press, Norman 2000, p. 21.

Fu allora chiaro che soltanto la forza avrebbe privato il vicino delle sue marche più remote. In Nord America c'era spazio per un solo soggetto dominante e la gigantesca estensione del Messico impediva agli Stati Uniti di realizzarsi.

L'occasione fu fornita dalla penetrazione degli anglosassoni in Tejas, inizialmente su esplicita quanto ingenua richiesta dell'imperatore messicano Augustín de Iturbide. L'obiettivo di Città del Messico era popolare una regione desertica e porre i coloni tra il cuore della nazione e le razzie degli indiani comanche. Principalmente sudisti e calvinisti, i *texiani* si finsero ispanizzati e cattolici, *maquillage* per ottenere concessioni terriere. Finché nel 1835, guidati dagli usurpatori seriali di origine ulsteriana, *Scotch-Irish* in blasfemia d'Oltreoceano, si ribellarono all'autorità messicana, proclamando l'anno successivo la Repubblica del Texas, formalmente annessa agli Stati Uniti nel 1845.

Ne venne l'inevitabile guerra, durata fino al febbraio del 1848, quando l'esercito statunitense sbaragliò quello avversario, occupando l'Alta California e Santa Fe de Nuevo México, oltre alla capitale e al porto di Veracruz.

Determinata a chiudere per sempre la partita, parte della classe politica propose l'annessione dell'intero Messico. Ma, come raccontato nel primo capitolo, valutazioni anche razzistiche condannarono il progetto. Nell'articolazione di John Calhoun, già vicepresidente degli Stati Uniti. "Il nostro è il governo dell'uomo bianco. La più grande sciagura dell'America spagnola è stata considerare la razza *colorata* al pari di quella bianca. [...] E ora ci sono quelli che vorrebbero annettere tutti gli Stati messicani e porli sullo stesso piano dei nostri. Dobbiamo opporci."[3]

Il successivo trattato di Guadalupe Hidalgo (febbraio

[3] Cfr. "John Caldwell Calhoun's Speech on Mexico", 4 gennaio 1848.

1848) certificò la cessione dei territori occupati, poi diventati gli attuali Stati di California, Arizona, New Mexico, Nevada, Utah (oltre che parte di Colorado e Wyoming). Il Messico rinunciava a metà della sua superficie. Gli Stati Uniti si tramutavano in un'isola geopolitica, aperta sui mari.

Soltanto vivacità demografica e collocazione geografica avrebbero confermato il paese ispanofono cruciale interlocutore di Washington. Dalla metà del XIX secolo gli americani tradirono un contradditorio approccio all'immigrazione messicana, della quale avevano straordinario bisogno e altrettanto terrore. Il vicino offriva centinaia di migliaia di potenziali emigranti, da ritenere infidi perché prossimi alla madrepatria.

Seguirono cicliche politiche di apertura e chiusura. Nel 1882 il Congresso approvò il Chinese Exclusion Act, che fino alla Seconda guerra mondiale avrebbe proibito l'ingresso agli abitanti dell'Impero di Mezzo, e i messicani li sostituirono nella costruzione delle ferrovie transcontinentali. Perfidia della storia: furono i cosiddetti *traqueros* a realizzare i binari che attraversavano il perduto *Norte* – dal Texas alla California, dallo Utah al Nevada –, pensati per trasferire più velocemente i militari statunitensi nelle regioni conquistate.

Preoccupati dal revanscismo degli sconfitti, allora californiani e texani anglosassoni accolsero i coloniali costumi spagnoli, per presentarsi come eredi dei *conquistadores* che sottomisero ed evangelizzarono gli indigeni.

Mitopoiesi utile a suffragare una impossibile primogenitura castigliana sul Nuovo Mondo, ostentando la presunta superiorità del ceppo europeo. Il revival ispanico-missionario si affermò canone architettonico da applicare a tutte le città del Sud-Ovest.

Alle chiese episcopaliane, luterane ed evangeliche fu ordinato di assomigliare a quelle cattoliche. In molti villaggi furono indette *fiestas españolas* per celebrare le usanze iberiche.

La californiana città di Santa Barbara, rasa al suolo nel

1925 dal terremoto, fu completamente ricostruita in stile andaluso. Nel clima di allora la Disney nominò Buena Vista la propria casa di produzione cinematografica.

Finché, nel XX secolo, Rivoluzione messicana e Primo conflitto mondiale rilanciarono le questioni del confine e della supremazia sul Nord America.

Tra il 1910 e il 1920 si verificarono numerosi scontri armati tra messicani di ogni estrazione e truppe regolari statunitensi, aggravati dal coinvolgimento della Germania. Due le principali battaglie sui rispettivi territori, palesanti la porosità di un confine indifendibile. Quella di Columbus, in New Mexico (9 marzo 1916), scatenata dallo sconfinamento dei miliziani di Pancho Villa, con tanto di saccheggio della città e risposta dei militari statunitensi. E quella delle due Nogales (27 agosto 1918), nelle città gemelle poste al limite tra Arizona e Sonora, combattuta dalle fanterie statunitense e messicana, con due agenti dell'intelligence tedesca rimasti uccisi. Successivamente proprio a Nogales fu costruita la prima barriera in cemento tra i due paesi.

Nella Prima guerra mondiale, la Germania guglielmina provò a scatenare l'irredentismo del Messico per costringere gli Stati Uniti a impantanarsi nelle vicende continentali. Era il primo coinvolgimento post-coloniale di una potenza europea in territorio messicano.

Nel gennaio del 1915 i rivoluzionari Venustiano Carranza e Victoriano Huerta, coadiuvati da emissari tedeschi, elaborarono il Piano di San Diego per sobillare la rivolta degli ispanici del Texas. Seguirono numerosi assalti contro proprietà e residenti anglosassoni, specie lungo il Río Bravo del Norte, realizzati da centinaia di uomini guidati da Aniceto Pizana e Luis de la Rosa, insorti di passaporto statunitense.

Il 17 gennaio del 1917 il segretario di Stato tedesco, Arthur Zimmermann, invitò tramite telegramma il suo ambasciatore a proporre al presidente Carranza di schierarsi con Berlino, in caso di entrata in guerra degli Stati Uniti. In cambio il Messico avrebbe riconquistato Tejas e Nuevo México (allora composto da Arizona e New Mexico).

Lo spionaggio britannico intercettò il cablo e Carranza rifiutò la proposta tedesca. Ma agli statunitensi non sfuggì che il rifiuto di Città del Messico giunse soltanto in seguito alle perplessità espresse da una commissione militare interna convocata *ad hoc* – fu valutata potenzialmente fatale una nuova guerra e impossibile controllare milioni di anglosassoni.

Pure in forma velleitaria ed esogena, il nazionalismo messicano era tornato a inquietare gli Stati Uniti. Il rinnovato sospetto, unito agli effetti della grande crisi economica, provocò tra il 1929 e il 1936 l'espulsione dal suolo statunitense di circa 2 milioni di ispanici, in larga parte *chicanos*, ovvero creoli nati a nord del Río Bravo.[4]

Alla vigilia della Seconda guerra mondiale, Washington si affrettò a negoziare il sostegno del Messico contro le potenze dell'Asse, per scongiurare i fatti del precedente conflitto.

In pieno sforzo bellico, importò da sud il capitale umano di cui mancava. A partire dal 1942 circa 2 milioni di braccianti messicani (*braceros*) emigrarono legalmente negli Stati Uniti – di fatto lo stesso numero deportato pochi anni prima – cui si aggiunse un imprecisato numero di clandestini. Inizialmente per sostituire gli uomini impegnati al fronte, quindi per sostenere l'agricoltura.

Col tempo molti di questi divennero cittadini statunitensi, approfondendo l'angoscia degli anglosassoni. Tra il 1954 e il 1962 le guardie di frontiera rimpatriarono oltre un milione di messicani, nell'ambito dell'Operazione *Wetback*, dall'insulto ("culi bagnati") con cui si appella(va)no i clandestini che attra-

[4] K. Johnson, *The forgotten repatriation of persons of mexican ancestry and lessons for the war on terror*, "Pace Law Review", autunno 2005.

versavano il Rio Grande. Tra questi, ancora una volta, moltissimi cittadini statunitensi arbitrariamente trasferiti nelle regioni meridionali del Messico, affinché non risalissero il continente. La questione della (im)possibile assimilazione degli ispanici si accendeva a intervalli regolari.

Durante la Guerra fredda il gigante latino fu prossimo agli Stati Uniti, nonostante cosmetiche aperture verso la Cuba castrista. Dopo il golpe *anti-Batista*, Città del Messico mantenne relazioni diplomatiche con l'Avana e si rifiutò di applicare le sanzioni previste dall'Organizzazione degli Stati Americani, ma diminuì notevolmente gli scambi commerciali con l'isola, consentendo alla Cia di utilizzare la propria ambasciata per spiare il regime comunista.

Il crollo dell'Unione Sovietica innalzò gli Stati Uniti a unico egemone globale e il Messico ne fu attinto. Il trattato di libero scambio per il Nord America (Nafta), contemplante anche il Canada, certificava il tipico legame imperiale con il centro del sistema. Il Messico avrebbe incrementato massicciamente la produzione manifatturiera e le esportazioni verso nord, mentre le industrie statunitensi profittavano di manodopera a basso costo e sgravi fiscali.

Tra il 1991 e il 2012 più di 7 milioni di messicani emigrarono oltre il Río Bravo del Norte, coscientemente attirati da Washington. Nel 2000 il Messico financo elesse presidente Vicente Fox, discendente di una famiglia germano-statunitense di Cincinnati, nell'Ohio, il cui cognome originario (Fuchs) fu anglicizzato nell'ambito dell'assimilazione forzata.

La questione continentale pareva definitivamente risolta, archiviata dallo strapotere di Washington. Prima di tornare viva negli anni dieci di questo millennio, ripristinata dalla depressione che vivono gli americani e dai connotati strutturali del dirimpettaio.

La contesa tra Stati Uniti e Messico è di natura strategica. Il nodo del contendere non riguarda le incursioni dei cartelli della droga, né l'avversione degli statunitensi verso gli immigrati.

In ballo c'è il futuro del Nord America, la regione del pianeta in cui si trova l'unica potenza globale. I *mexican-americans* costituiscono l'11% della popolazione statunitense (circa 37 milioni), con il Sud-Ovest principale terreno di scontro. Territorio cuscinetto, nei secoli passato da una nazione all'altra, dove non esiste una cultura preponderante, bisecata dai costumi anglosassoni e latini.

Larga parte dei residenti di discendenza messicana è stanziata nelle province che furono della madrepatria, specie California, Arizona, New Mexico, Texas.

Qui i *chicanos* non hanno smesso gli usi originari, né reciso il legame con la patria originaria, posta appena al di là della frontiera.

Come illuminato dalla scrittrice statunitense Gloria Anzaldúa, nativa di Harlingen in Texas, e discendente dei *conquistadores* spagnoli: "Questa terra è stata messicana, prima ancora indiana. E lo sarà per sempre. Anche in futuro".[5]

I dati raccontano il momento della frontiera. Il 48% degli abitanti del New Mexico, lo Stato più latino dell'Unione, è di origine ispanica, di questi il 70% è di discendenza messicana, il 17% è nato a sud del confine. In California, lo Stato demograficamente più denso, gli ispanici sono più dei bianchi europei (40% della popolazione), di questi l'84% è di origine messicana e il 33% è nato all'estero.

Anche in Texas, lo Stato metropolitano più grande della Federazione, gli abitanti sono ispanici per il 40%, con l'87% *chicano* e il 30% nato oltre il Rio Grande. In Arizona, lo Sta-

[5] Cfr. G. Anzaldúa, *Borderlands/La Frontera: The New Mestiza*, Aunt Lute Books, San Francisco 1987.

to più *messicano* del paese, è ispanico il 30% dei presenti, di questi il 90% *chicano* e il 28% naturalizzato.[6]

Los Angeles, con un milione e 200 mila *chicanos*, sarebbe l'ottava città del Messico per popolazione (dopo la capitale, Ecatepec, Guadalajara, Puebla, Ciudad Juárez, Tijuana e León). Houston, in Texas, con circa 800 mila discendenti di immigrati messicani ne sarebbe la dodicesima.

Nei territori sul confine le percentuali aumentano ulteriormente.

Nelle contee texane di Brooks e Cameron gli ispanici sono rispettivamente il 92% e l'89% della popolazione; in quelle californiane di Imperial e Riverside costituiscono l'80% e il 51%; nelle contee di Santa Cruz e di Yuma, in Arizona, i *latinos* toccano rispettivamente l'83% e il 60% degli abitanti; in quelle di Doña Ana e Luna, in New México, il 66% e il 62%.

Appena un quarto degli ispanici si sposa con statunitensi di provenienza europea. Dati che palesano tanto una compiuta presenza quanto la mancata assimilazione.

Di questi appena il 22% si è convertito al protestantesimo o all'evangelismo di stampo statunitense, in particolare al battismo, al mormonismo, all'avventismo, al pentecostalismo. Percentuale che scende al 15% quando si tratta dei *chicanos*.

Mancata adesione che preoccupa Washington, da tempo impegnata a conquistare la fedeltà della popolazione delle Americhe tramite conversione al proprio settarismo.

Rendere i *latinos* devoti delle Chiese anglosassoni dovrebbe creare empatia verso i *gringos*, interpretati come alfieri della liberazione spirituale. Con eccellenti risultati nell'intero emisfero occidentale, specie in Brasile e, addirittura, in Venezuela, ma con scarso seguito nel decisivo Messico.

Qui il tentativo di convertire le masse risale alla prima metà

[6] Dati del censimento statunitense del 2020.

dell'Ottocento, durante il terzo risveglio spirituale degli statunitensi.

Nel 1872 approdarono in Messico i primi missionari presbiteriani, membri della Associate Reformed Presbyterian Church, con sede a Winnsboro in South Carolina, che assieme ai confratelli congregazionalisti e metodisti si concentrarono sulle città di San Luis Potosí, Villa de Cos e Veracruz, e sugli Stati di Oaxaca, Guerrero e Tabasco.

Il loro antipapismo si adattò al contesto. All'epoca la Chiesa cattolica era apertamente accusata di complicità con gli invasori spagnoli e con le atrocità da questi commesse.

Ancora oggi quella presbiteriana è la confessione protestante più diffusa in Messico, con circa 2 milioni di fedeli. Quindi giunsero i pentecostali, centrati su Topeka, in Kansas, attualmente presenti in Messico con oltre un milione di adepti.

Poi battisti, avventisti, luterani, episcopaliani. Nella seconda metà del XIX secolo, mormoni con quartier generale a Salt Lake City, nello Utah, fondarono 15 colonie, soprattutto nel *Norte*. Per praticare la poligamia e diffondere il verbo dell'unica religione che attesta l'apparizione di Gesù Cristo in territorio americano.

Tra le colonie fondate, Dublán, nello Stato di Chihuahua, dove nacque George W. Romney, padre di Mitt, candidato alla presidenza nel 2012, fuggito in California al tempo della rivoluzione e beneficiario dei fondi stanziati dal Congresso per coloro che avevano servito la patria all'estero.

Eppure in Messico l'offensiva protestante non ha riscosso il medesimo successo che nel resto dell'America Latina. Se in Brasile si dichiara evangelico il 23% della popolazione, in Venezuela il 15%, in Cile il 14%, a dispetto della contiguità geografica appena il 6,7% della popolazione messicana è passata alle Chiese statunitensi.

I missionari anglosassoni hanno raccolto adesioni soprattutto nel Sud del paese, lontano dal confine conteso. Nel Chiapas si annuncia protestante il 14,5% della popolazione; negli Stati di Tabasco e di Quintana Roo il 13% ha rinnegato la confessione romana.[7]

A rendere quasi impenetrabile il cattolicesimo messicano, oltre la bilaterale rivalità, è il miracolo della Vergine di Guadalupe con cui nel XVI secolo gli spagnoli fissarono ancestrale legame tra Roma e il locale meticciato, affrancando il cattolicesimo dell'origine colonialista.

Al contrario, i messicani distillano una propria spiritualità alternativa e protestante, trasferendola anche negli Stati Uniti. Tra questi: *mexicayotl*, un movimento sincretico, indigenista, veteropagano che, pure pescando nel cattolicesimo, vuole rafforzare il legame tra il Messico contemporaneo e quello azteco. Fondato negli anni cinquanta da Antonio Velasco Piña, è stato accolto da numerosi *chicanos*, oggi animatori di luoghi di incontro (*kalpulli*) nel Sud-Ovest statunitense.

La Chiesa de La Luz del Mundo, fondata negli anni trenta a Guadalajara, nello Stato di Jalisco, è presente in 54 paesi, anzitutto negli Stati Uniti. Rimontante al cristianesimo delle origini, nel 2005 ha aperto a Houston, in Texas, il suo santuario più grande, con una capienza di cinquemila persone. Osteggiata dagli apparati washingtoniani, negli ultimi anni ha incontrato notevoli difficoltà nell'inaugurare nuovi templi, soprattutto in California (a Ontario e Santa Ana).

Proprio nel *South-West* gli attivisti *chicano*, sostenuti surrettiziamente dalla classe politica messicana, hanno collocato la terra d'origine degli aztechi, popolazione da cui discenderebbe l'intera nazione messicana. L'epopea fondativa della civiltà mesoamericana è stata tramandata per secoli, i primi

[7] *Distribución (%) de la población mexicana según su religión, por entidad federativa*, La Sociedad Bíblica de México, Ciudad de México 2010.

europei ad ascoltarla furono i religiosi al seguito dei *conquistadores*.

La leggenda vuole che in epoca preistorica i popoli nahua emersero dalle viscere della terra attraverso sette caverne (*chicomostoc*). E il luogo del loro insediamento prese il nome di Aztlán, letteralmente "terra dell'airone". Qui si tramutarono in aztechi e prosperarono, prima di calare verso la valle del Messico, intorno all'anno Mille dell'èra cristiana, dominando l'intera Mesoamérica. Almeno fino all'esiziale arrivo degli europei.

Nel corso degli anni, archeologi e antropologi hanno provato a stabilire il luogo di scaturigine dei popoli nahua, riuscendo appena a provare che questi provenivano da nord.

Inizialmente il territorio fu collocato all'interno del Messico contemporaneo. Nei pressi del lago di Yuriria, nell'attuale Stato di Guanajuato, dove il monte Culiacan, visto dalla distanza, somiglierebbe all'isola di cui parlavano i primi narratori del mito.

Oppure nello Stato di Nayarit, sulla costa del Pacifico, accanto alla città di San Felipe Aztatán. O ancora negli Stati di Jalisco e Michoacán, distanti 150 leghe dall'antica capitale Tenochtitlan, come raccontato dal frate Diego Durán. Soltanto il naturalista tedesco Alexander von Humboldt, cui è intitolata l'Università di Berlino, lo fissò in una contea meridionale del Wisconsin.

Probabilmente con profondità scientifica, ma senza coscienza geopolitica. Ragione del rifiuto dei governi messicani. Da secoli questi desiderano collocare Aztlán nei territori occupati dagli Stati Uniti – altrimenti a cosa servirebbero le ricerche?

Soddisfazione fornita nel 1969 dall'attivista di Denver Rodolfo "Corky" Gonzales che, assieme al poeta Alberto Urista, teorizzò la corrispondenza tra il *South-West gringo* e la culla della civiltà azteca. Secondo il Piano spirituale di Aztlán (*Plan espiritual de Aztlán)*, Alta California, Arizona e Nuevo México sarebbero origine di tutto.

"Consapevoli della brutale invasione statunitense delle nostre terre, noi, abitanti e civilizzatori della terra settentrionale di Aztlán, dichiariamo che è nostra responsabilità e destino recuperare la terra dei padri. Perché noi siamo una nazione, un'unione di popoli, siamo Aztlán."[8]

Fuor di lirica: gli anglosassoni avrebbero usurpato la culla dell'identità messicana, non una semplice regione di confine, e i *chicanos* avrebbero il dovere di recuperarla.

Fondazione sentimentale dell'irredentismo. Nel tempo la trovata è stata veicolata da influenti associazioni etniche e studentesche, composte quasi esclusivamente da cittadini statunitensi, con profonda conoscenza dell'anima germanica della superpotenza. Come dimostrato dalle manifestazioni sul tema in cui spesso gli attivisti invitano i bianchi d'America a tornarsene in Germania,[9] anziché in Gran Bretagna.[10] O come segnalato dalla canzone *California Über Aztlán* – della band *latina* heavy metal dei Brujería – in *Geopolitica Umana* sveliamo l'origine anzitutto tedesca della superpotenza anglosassone.

Di qui, la necessità per gli Stati Uniti di schermarsi dietro un muro. L'idea di costruire una barriera al confine meridionale risale all'inizio dell'era unipolare. Negli anni novanta si avviò l'erezione delle prime porzioni di sbarramento tra la California, l'Arizona, il Texas e i corrispettivi Stati messicani di Bassa California, Sonora, Chihuahua e Cohauila.

Progetto dalle evidenti implicazioni strategiche, oltre che

[8] R. Gonzales, "El Plan espiritual de Aztlán", marzo 1969, in R.R. Lint Sagarena, *Aztlán and Arcadia*, New York University Press, New York City 2014, p. 143.

[9] Cfr. J.R. Corsi, J. Gilchrist, *The reconquista movement: Mexico's plan for the American Southwest*, "alipac.us.", 27 luglio 2006.

[10] Cfr. J. Burns, *Most mexicans believe chunk of US belongs to them*, CNSnews.com, 7 luglio 2008.

dall'innegabile ispirazione razzista, perseguito dagli apparati statunitensi, benché narrato come misura anti-immigrazione. Quasi un impero potesse rinnegare il proprio bisogno di importare esseri umani, quasi si potessero costruire centinaia di chilometri di muro per ragioni di politica migratoria.

Obiettivo reale è dividere i nonni che restano in Messico dai nipoti che nascono negli Stati Uniti, affinché i nuovi cittadini possano assimilarsi rompendo il cordone ombelicale. E prepararsi a saldare il territorio in vista di future rivendicazioni di Città del Messico, anche di natura militare – oggi fantascienza, domani molto meno.

Nel 2024 l'argine di cemento, acciaio e filo spinato copre (copriva) circa 1074 chilometri, un terzo dei 3201 chilometri di cui è composta la frontiera. Con sostegno puntualmente bipartisan nella sua costruzione, nonostante il tentativo di Donald Trump di attribuirsi l'opera.

Non solo i senatori Barack Obama e Hillary Clinton votarono a favore, durante l'amministrazione guidata da Joe Biden sono stati autorizzati 32 chilometri di muro, non lontano dai 70 annunciati da Trump negli anni alla Casa Bianca. Distanza ridotta che, secondo l'illusione apicale, doveva essere immensa – smetteremo mai di studiare i leader per occuparci del sentimento dei popoli?

Il punto sarà trovarsi pronti in futuro, quando la tensione potrebbe diventare aperta competizione. I sondaggi segnalano che la maggioranza dei messicani vorrebbe recuperare il Sud-Ovest degli Stati Uniti.[11] E tale determinazione potrebbe crescere nel medio periodo. Il Messico ha 130 milioni abitanti che diventeranno 150 milioni nel 2050, la metà di questi con meno di 35 anni, brandenti un distinto canone nazionale (no-

[11] Cfr. *En 1848 EEUU consiguió terreno mexicano; ahora México lo quiere de regreso*, "La Opinión", 10 marzo 2017.

nostante le deviazioni amerinde di alcuni Stati) e perfino una propaganda universalistica, legata al concetto di *raza cósmica*, ostentante la superiorità della stirpe mista.[12]

Città del Messico è anche detta *la China libre* (la Cina libera), perché sfidante la superpotenza anglosassone come la Repubblica Popolare, ma in regime democratico, con gli autoctoni che dimostrano di sapere tirare l'irrilevante dicotomia autocrazie-democrazie contro i dicitori statunitensi.

Già adesso il paese si interroga se rimanere temporaneamente al fianco di Washington per acquisire ulteriore forza economica, prima di sganciarsi del tutto e perseguire un'agenda antagonistica.

Oppure andare subito per conto proprio, allontanandosi dai *gringos*, anche amoreggiando con russi e cinesi. Senso profondo dell'ultima sfida presidenziale tra Xóchitl Gálvez e Claudia Sheinbaum, rispettive portabandiera delle due visioni presenti nella popolazione, vinta da quest'ultima.

Dentro la traiettoria degli Stati Uniti, il Messico ne costituisce il dilemma assoluto. Buona parte del suo potenziale eversivo scaturisce dalla natura imperiale del vicino.

La superpotenza necessita di assorbire milioni di stranieri giovani e disperati, per mantenere crudele la propria popolazione, affinché si spenda per preservare il dominio sul pianeta. Ma aver accolto milioni di messicani consente al paese latino di incidere oltre il fiume. Washington ha bisogno di creare dipendenza tra sé e i *clientes*, per integrarli nel suo sistema, anche attraverso trattati di libero scambio, come il rinnovato Nafta (2018).

Ma aver aperto il proprio mercato alle *maquiladoras* ha innescato la rapida crescita nel paese che fu dei *conquistado-*

[12] J. Vasconcelos, *La raza cósmica*, Editorial Porrua, Madrid 1925.

res, oggi vantante un'economia più grande di quella spagnola o australiana.

Il risultato è uno scenario dalla dimensione violenta. La propaganda statunitense che, attraverso film e serie televisive, dipinge il Messico come innocuo perché sconvolto da caos e criminalità ormai regge (al solito) soltanto in Europa. Le altre civiltà di questo mondo ne ridono, consapevoli che proprio dagli Stati di Sinaloa o Coahuila giunge il Fentanyl prodotto in Cina, tormento degli anglosassoni.

Volessero anestetizzare incruentemente il Messico, gli statunitensi dovrebbero rinunciare a ogni ambizione imperiale. Opzione impercorribile perché indipendente dalla loro volontà – nessun impero può dimettersi da sé.

Nei prossimi anni Washington sarà chiamata a intervenire massicciamente, attuando la compiuta assimilazione dei *chicanos*, continuando la costruzione del muro oppure agendo, militarmente, al di là del confine. Ammesso che l'attuale depressione lo consenta. Approfondita dagli stessi messicani, sull'uscio e dentro casa.

XII.
L'Italia fuori dal mondo

L'Italia manca degli strumenti necessari a capire il pianeta, il nostro tempo. Resta in fideistica attesa degli eventi, senza idea di cosa aspettarsi. Paese più anziano degli altri, assieme al Giappone, ha creduto e crede che tutto sia finito, che davvero economia o leader si impongano sulle cose.

Probabilmente nell'orizzonte ottico non possiamo rientrare nel flusso storico. Gli americani non lo consentirebbero e siamo troppo infragiliti per rischiare. Ma dovremmo almeno provare a comprendere cosa ne è stato della storiografia, dove abbiamo perso il contatto con l'attuale, che esito tale alienazione sta avendo sulle nostre vite.

Adesso che si dipana la massima competizione tra potenze. Mutazione naturale di ogni epoca, incredibile sviluppo per chi aveva pensato ultima la propria.

Punto iniziale. La storia non esiste e non dovremmo conoscerla al singolare. La sua invenzione è recentissima, risale al Settecento. In attico Ἱστορία era semplice "esperienza", intrinseca all'osservazione, dal protoetimo indoeuropeo "weyd", "vedere". Poi resa in viaggio tra un luogo e un altro da Erodoto che, non a caso, scrisse storie (Ἱστορίαι), non storia. Per secoli ha avuto senso declinare tale esperienza soltanto al plurale, attraversando il latino. Risultavano tante storie (*historiae*) quanti gli eventi, i territori, i popoli.

Nulla poteva darsi come unico. Non solo. Poiché le costruzioni umane sono di numero finito, lo scorrere del tempo era movimento circolare, prima verso l'ignoto, poi nuovamente tendente allo ieri.

Dal passato al presente, per replicare nel futuro cosa è stato. Mero tondo. Ne erano certi Tucidide per cui il tempo era un cerchio; Aristotele per cui la previsione era un'anamnesi sul passato; Cicerone sicuro che il futuro fosse impartito dalle lezioni apprese.

Quanto valeva e vale per ogni grande civiltà, contraria a palingenesi che non conducano ai tempi andati.

Lo stesso concetto di rivoluzione era opposto al nostro, tratto dall'etimo tardo latino, *revolutus,* participio di *revolvĕre,* rivolgimento, ritorno al punto di partenza. Nessuna cesura, ma l'avvolgente presenza del passato.

Thomas Hobbes raccontò il ventennio inglese tra il 1640 e il 1660 come rivoluzione perfetta, perché salto nel futuro che atterra nel passato. Dalla monarchia ancora alla monarchia, passando per il regno dispotico, il lungo parlamento, il *rump parliament*, la dittatura cromwelliana, l'oligarchia – l'uso dei sistemi istituzionali è suo.

È stato il secolo dei lumi ad archiviare tale consapevolezza. La presunzione di vivere sulla linea retta del progresso, di costituire un punto di non ritorno, di parlare a nome dell'umanità impose la calligrafia dell'uno. Improvvisamente in Occidente non vi erano più storie, ma una valevole per tutti, in ogni dove. La Rivoluzione francese divenne la svolta che inaugurò la modernità, rompendo la circolarità degli eventi.

Poco conta(va) che gli altri umani non fossero attinti da tanta appartenenza. La nostra superiorità, anzitutto antropologica, non accettava discussioni. Peggio per gli oromo o per gli han, tra le civiltà più sofisticate, se non coglievano che l'ecumene viaggia(va) verso il perfezionamento. A loro andava la nostra carezzevole compassione. Assieme all'immangiabile storia al singolare, tuttora utilizzata nei nostri programmi scolastici o accademici, apparve la filosofia della storia, almanacco dei fatti consegnato da chi conosce con certezza dove approderanno gli umani. Ne fu massimo interprete Georg Wilhelm Friedrich Hegel, paladino di tutto e del suo contrario, non solo per colpa propria.

Molti dei suoi testi risultano apocrifi, redatti dagli studenti tra Heidelberg e Berlino (Humboldt, in onore di Alexander che cercò Aztlán), sovente in difficoltà nel restituire sul foglio gli insegnamenti arcuati del maestro.

Non a caso il nostro ha generato una destra e una sinistra, faticosi tentativi di conferire direzione al suo pensiero, con pronunciata ostilità reciproca. Chissà se anche in aula Hegel confermasse d'aver visto a Jena lo spirito della storia incarnato da Napoleone, sfogliato di castronerie in forma d'epistola.

Di certo, lo credette vero Bonaparte. "Risponderò soltanto alla storia," soleva obiettare. Dal singolare, la storia s'era fatta tribunale – formula usata anche nei nostri anni.

Peccato non vi sia alcuna storia, né uno scopo ultimo per le nostre azioni, tantomeno un singolo individuo è ierofania. Le varie storie si dipanano senza disegno comune, tra spasmi e accelerazioni, rinculi e assestamenti. La natura umana è mossa da palpiti incoerenti, solitamente tendenti all'attuale e non alla fine dei tempi. Fuori dal percorso netto, il progresso – ammesso si rintracci – procede a singhiozzi, tra balzi abbaglianti e cadute disfacenti.

Si va dalla classicità al Medioevo, dal Rinascimento alla tetra epoca dei lumi, dal Novecento alla nostra comoda attualità, scambiata per spaventosa. Vero, convenzioni occidentali, sconosciute nel resto del globo. Le usiamo per squarciare l'illusione di una dirittura d'arrivo, per distruggere la corrispondenza tra migliorie tecniche e civiltà, fondo di molte chimere dell'oggi.

L'evoluzione stessa spesso regredisce. Nel corso dei millenni animali e vegetali hanno raggiunto minore complessità che in passato. Mammiferi e rettili hanno visto diminuire il numero di ossa.

Un tempo i cavalli avevano dita nelle zampe, non solo lo zoccolo. L'essere umano ha perduto la coda, l'appendice vermiforme, la membrana nittitante e va rinunciando ai denti del giudizio. Alcuni gruppi di funghi e protisti hanno smesso d'essere pluricellulari.

Negli esseri viventi capita l'atavismo, la riemersione di caratteristiche appartenenti agli antenati evolutivi, perdute nelle ere. Ne sono prova, tra gli umani, gli infanti che mostrano una coda vestigiale, anche detta proiezione coccigea, o una dentatura di grandezza anomala richiamante i primati. Neppure la tecnologia procede per accumulo.

In futuro potrebbero verificarsi nuovi *medioevi* tecnici, per choc culturali o bellici oppure per sentimentale opposizione. Non solo la quarta guerra mondiale combattuta con i bastoni, come da citazione einsteiniana. Come approfondito, pur avendola inventata nel 1041, per tre secoli i cinesi rifiutarono la stampa.

Ancora nel Cinquecento i mamelucchi d'Egitto respinsero la "disumana" polvere da sparo. Nello stesso solco si pose il luddismo frequentato da Martin Heidegger.

La civiltà non vale la meccanica. Assunto impensabile per i contemporanei aedi del comunismo tecnologico, sicuri le prossime invenzioni cancelleranno la natura umana. Specie l'intelligenza artificiale, mito del nostro tempo, benché non sia né intelligente né artificiale, ancor meno una rivoluzione illuminista. Ma funziona ottimamente nel marketing.

Già impossibile, la storia al singolare è gravata dalla sua pretesa scientificità, morte dell'intelligenza. Sicché vi sarebbe un'interpretazione univoca del passato, financo giusta. A certificarla un'assemblea di chiari storici di professione, incaricati dagli Stati di assegnare patenti di conformismo. Senso della *peer review*, ovviamente in anglofonia, per cui esiste soltanto ciò che è riconosciuto dai colleghi, affinché non vi sia eterodossia, né genio. Contro ogni conoscenza.

Valgano i pensieri di Johann Wolfgang Goethe a polverizzare tanta austerità, pensatore mai vinto alla teleologia. "Una vicenda è raccontata in modo diverso nella stessa città alla sera e alla mattina." Anzi. "Perfino la mia autobiografia è una forma di finzione."[1]

Fine della differenza tra storia e invenzione, tra vero e poesia. Le storie variano ex post ed ex spe.

Per sintonia con il sentimento dei popoli, se questi possono scegliere da sé, oppure su imposizione esterna, se dominati da una potenza straniera.

Qui il cuore della questione. Si danno storie, mai storia, perché ogni collettività racconta come preferisce il passato, riscrivendolo di continuo.

Prendiamo le due guerre mondiali. Per noialtri eventi sicuri, non discutibili. Per molti popoli non sono mai accadute. I giapponesi chiamano il primo conflitto mondiale "guerra nippo-tedesca", i cinesi "guerra europea combattuta nel mondo", i brasiliani non ne comprendono l'importanza. Medesimo sopralluogo per la Seconda guerra mondiale.

Per i russi fu riproposizione, su scala accresciuta, della lotta contro l'invasione francese – napoleonica, per narrazione romanzata. "Grande guerra patriottica", secondo atto della "Guerra patriottica" del 1812. Vicenda per nulla planetaria, molto domestica. Per i cinesi, fu la "Guerra dei quindici anni", contando il tempo dall'invasione nipponica della Manciuria (1931-1945). Per gli stessi giapponesi fu la "Grande guerra per l'Asia orientale".

[1] Cfr. J.W. Goethe, *Briefe der Jahre* 1821-1832, Mandelkow, Hamburg 1976, p. 7.

Restando nel mondo a noi prossimo, gli statunitensi non conoscono la loro guerra di secessione, incontrata sui testi scolastici soprattutto come "guerra civile" ("civil war"), per mascherare il tradimento degli Stati meridionali, che pure avevano formato una Confederazione a parte, tramandati come difensori delle prerogative federali, non come stranieri per propria volontà. [2]

La grammatica d'oltreoceano finge sia perfino naturale coniugare gli Stati Uniti al singolare, "United States is" al posto di "the United States are", ortografia rinnegata alla fine dell'Ottocento per recuperare unità.

Nell'orbe non si ha contezza neppure dell'impero bizantino, letteralmente mai stato.

Fino alla caduta di Costantinopoli, i suoi abitanti si sono appellati ρωμαίοί, romani, e il loro impero altrettanto romano (bασιλεία ρωμαίων). Senza distinzioni, almeno dal V secolo, tra Occidente e Oriente. Questo era anche per i turchi ottomani che ne occuparono il territorio, prendendo la *translatio*. Sulle sue macerie fondarono il Rûm Selçuklu Devleti, il Sultanato di Roma.

E per gli han che, fino all'intera dinastia Tang (618-907), chiamarono l'impero Fúlǐn Gúo ("paese di Fulin"), dove Fúlǐn è a sua volta corruzione di Rum, Roma.

Furono ancora gli esiziali illuministi, guidati dal redivivo Charles-Louis de Secondat, barone di Montesquieu, a diffondere il gentilizio byzantin. Per nostra disperazione.

Volessimo giocare, troveremmo innumerabili casi di storia presente qui e non altrove. Le storie prevalgono sulla storia. Pure se non lo sappiamo. Perfino adesso che gli americani fuori dalla storia ci hanno collocato, come ogni egemone nei confronti dei *clientes* per annullare l'eventuale brama di potenza.

[2] D. Fabbri, *Le luci nelle case degli altri*, in "Domino", agosto 2024.

Senza passato, dunque senza futuro, ci appropriamo dell'identità altrui.

Adottiamo convintamente le generazioni nominate tra New York e la California. Da anni in Italia sono apparsi i boomer, indicati come figli del dopoguerra, predigitali e canuti.

Ma negli Stati Uniti i boomer sono la generazione prodotta dall'incremento delle nascite registrato tra il 1946 e il 1964 (boom demografico), 71 milioni in più, quanto non è accaduto nel nostro paese, dove i nuovi nati furono dello stesso numero che nel periodo precedente la Seconda guerra mondiale.

Per oscuramento economicistico, crediamo il termine segnali lo sviluppo industriale, avvenuto pure qui, inconsapevoli di adoperare categoria significante altro.

Per poi applicare a noi anche le lettere delle successive generazioni ancora statunitensi (x, y, z, alpha), estranee alle nostre, divise tra coloro che hanno rispettivamente conosciuto l'illusione della globalizzazione culturale, la stanchezza imperiale, il disincanto corrente. Sentimenti mai vissuti in Italia – non sapremmo neanche definirli. Generazioni scoperte nelle serie televisive, abbastanza per non interrogarci. Trasposizione aliena a chi è rimasto nella storia.

I paesi massimalisti, spesso antagonisti degli Stati Uniti, appellano le generazioni tramite il percorso di queste, non per aver origliato le vite degli altri.

La Cina contemporanea procede tra il "gruppo dei figli unici", nati dopo l'imposizione delle limitazioni alla natalità, e "il segmento 4-2-1" indicante il restringimento del nucleo familiare.

La Russia sfoggia generazioni "perduta", "P", "digitale", responsabili in sequenza dell'incremento demografico, della (breve) fascinazione per l'Occidente ai tempi del fallimento sovietico, dell'attuale informatizzazione della società.

L'Iran possiede generazioni scandite dai decenni del calendario islamico. Soprattutto i cosiddetti Ottanta (*daheye hashtad*) e Novanta (*daheye navad*), ovvero i nati tra il 1380 e il 1390, corrispondenti delle anglofone Z e Alpha. In Brasile gli omologhi dei non pervenuti boomer sono gli *hiperinflação*, seguiti dalle *geração social* e 4.0, dizioni da collettività insicura.

Più o meno quelle del Messico che propone i nativi del "risveglio" (*despertar*), della "decadenza" (*decadencia*) e della "crisi" (*crisis*). Perfino il Giappone, paese fisso su Washington, esiste tra generazioni autoctone, quelle della "colpa" (*danso*) e quelle del "margine" (*yutori*).

Misconosciute le storie ed espunti i popoli, ancora per intervento della rivoluzione francese e della propaganda americana, nei nostri manuali di storia il paratesto s'è fatto corpo principale. Non vi è notizia dei sentimenti, delle ambizioni, delle culture, delle lingue, delle psicologie. Quanto scatena le collettività.

Tacciamo per decoro del tentativo di giudicare gli eventi di ieri con gli occhiali di oggi, con tanto di irricevibile impulso iconoclasta (cultura della cancellazione). Altra distorsione da positivismo illuminista, figlia della presunzione di conoscere una verità di cui gli antenati difettavano. In nome di un'evoluzione percepita come incrementale, con i giorni più recenti automaticamente migliori dei precedenti.

Il pregiudizio che pare legittimo. Nell'attesa di un domani definitivo, la pedagogia italiana non sa conferire gerarchia agli eventi che impartisce nelle aule della Repubblica.

Non sa distinguere cosa sia contato per davvero in passato, attardandosi in questioni secondarie. Centrati su re e dittatori, sistemi politici e ideologie, i nostri testi non segnalano alcuna malinconia per quando Pisa perse letteralmente il mare, finendo sulla terra asciutta.

Dramma che sconvolse una potenza navale giunta alla foce del Don, massacrata nel Trecento da Genova, da allora incapace di stare sui flutti, nel frattempo distanti decine di chilometri da sé. Nostalgia che dovrebbe echeggiare quotidianamente nelle nostre vite. Niente di niente.

Non racconta con rabbia di come gli inglesi abbiano scelto di favorire il Risorgimento immaginato dai piemontesi perché questi non conoscevano i mari, dunque risultavano innocui.

Per stare nel Novecento, secolo lunghissimo ma tramandato come breve per ragioni commerciali o per accidia, leggiamo negli stessi sussidiari dell'alternarsi dei partiti e delle istituzioni, dell'uccisione di questo o di quel capo, di invenzioni e coltivazioni più o meno complesse, della barbabietola da zucchero.

Tra le chicche: l'assassinio di John Kennedy, la guerra nel Vietnam, l'undici settembre. Momenti di nessuna importanza.

Avvenimenti di fondamentale incidenza sono invece presentati come minori. La presa italiana della Libia (1911-1912), affondo decisivo al declinante impero ottomano, con Costantinopoli condotta da Roma alla successiva implosione. Questione millenaria.

La nostra tragica invasione dell'Etiopia (1935-1936), quando utilizzammo il jihadismo contro l'autocefala Chiesa locale, sceneggiando una crociata cattolica. Atteggiandoci a impero senza esserlo, allora riuscimmo umiliati da un impero straniero e assai compiuto.

Il terrorismo in Alto Adige (1956-1968) che impose la rinuncia ad assimilare il territorio, rimasto pienamente germanofono. Il conflitto sino-russo del 1969 che decise la guerra fredda.

Il passaggio tra i decenni settanta e ottanta, quando scendemmo definitivamente nel post-storicismo, sindrome che chiuse gli scontri per le strade ("anni di piombo") e coniò "l'Italia da bere", inspiegabile senza rudimenti di geopolitica umana – nello stesso frangente gli Stati Uniti finirono di obliterare la loro manifattura.

Andando a ritroso nei secoli gli esempi aumentano, con vette di dolenza. Per *pietas* verso noialtri, non li descriveremo in quantità. Resta che la nostra opinione pubblica non sa spiegare perché Sassari sia città (parzialmente) toscanofona, ragione dei natali offerti a statisti della Repubblica e non solo.

Perché tendiamo puntualmente all'Albania, ben oltre il passare di regimi e governi. Grandezze che informano le nostre giornate.

Mentre comunichiamo un'inventata idea di noi, colpevolmente estranea ai fatti, spesso incentivata dagli altri per umiliarci. Ci consideriamo cittadinanza (!) disomogenea, inaffidabile ma al fondo generosa, più ingenua che crudele. Il mito demenziale degli "italiani brava gente".

Utile per corrispondere il fascismo come abbaglio incompreso dai contemporanei o per accettare la nostra attuale inconsistenza. Anziché indagare il sentimento massimalista che spinse la popolazione a favorire l'improbabile regime presieduto da Mussolini, tramite promessa di ascendere tra le grandi potenze. Quello che allora voleva l'Italia dei giovani.

Dai manuali la mancanza di classificazione tra i secoli si riverbera sull'incapacità di leggere il presente. Fino a sciupare tempo dietro a ciò che non conta, rincorrendo la tattica, ovviamente scambiata per strategia, anche per calco sperduto dell'inglese (*strategy* nella lingua di Shakespeare significa il suo contrario). L'opinione pubblica italiana è appassionatamente presa dall'arronzata gestione del quotidiano, mai dagli abissi che quel quotidiano hanno generato. Nel suo ventre è riconosciuta rilevanza alla sovrastruttura, quasi sia proibito avventurarsi sotto il pelo del quotidiano.

Occhio di bue sulla Commissione europea, narrata come governo di uno Stato in mancanza di Stato, ancora peggio, in mancanza di nazione – dettagli. Grande attenzione alle specifiche misure annunciate dai commissari della medesima commissione, spudoratamente elevati a ministri, in riferimento al Piano nazionale di ripresa e resilienza che dovrebbe salvarci, ovviamente soltanto in dimensione economica, con l'ultimo sostantivo dell'acronimo scelto per esigenza pubblicitaria.

Senza risalire alle genti tedesche che quel piano garantiscono davanti ai mercati e che adesso vivono notevoli convulsioni. Nel protocollo, soldi dellEuropa, ancora senza apostrofo. Forse converrebbe spiegarlo ai sassoni che, almeno a chiacchiere, vorrebbero licenziare tale ipocrisia.

Quotidianamente ci occupiamo del parlamento detto europeo, agente su esclusiva e intermittente delega degli Stati, a loro volta satelliti degli Stati Uniti d'America.

Sogniamo di incidere sulla nostra condizione con approccio da teorie dei giochi o per seduzione amicale di questo o di quel leader straniero.

Quasi un singolo capo, pure simpatetico nei nostri confronti per interesse o morbidezza, possa imporsi sulla sua collettività o piegare il costume di cui è spontaneo portatore.

Più di qualcuno si preoccupa perfino delle condizioni della monarchia inglese, detta britannica per protocollo imperiale, regnante su un popolo che col bel tempo ci compatisce, se di cattivo umore ci dileggia.

Senza mai occuparci della scomparsa del nostro Sud, sette milioni di abitanti in meno nei prossimi quarant'anni, con la proposta di *autonomia differenziata* che incoraggia i giovani meridionali a trasferirsi ulteriormente al Nord – chissà se ne è cosciente chi la sostiene per recintare le regioni settentrionali. Né dell'estensione fino a Cagliari della zona economica esclusiva dell'Algeria.

Tantomeno della nostra assenza geopolitica, militare, finanziaria sulle coste dirimpetto alle nostre, inaggirabile dimensione della strategia. In clima da pace dei sensi, non riconosciamo insidie.

Esperienze e nomi decisivi risultano pressoché ignoti alla nostra pedagogia. Prendiamo Alberto Gugliemotti, figura dispersa che dovremmo studiare nei vari gradi di istruzione.

Nato a Civitavecchia nel 1812 come Francesco Maria, da padre ufficiale della Marina pontificia, prese i voti da domenicano con il nome di Alberto. Già in adolescenza cominciò a scrivere di questioni marinare, conosciute nella sua famiglia e nella città d'origine, protesi della flotta papale contro le incursioni dei saraceni. Nel 1844 pubblicò il testo *Memorie delle missioni cattoliche nel Regno del Tunchino*. Colpito dalle critiche per lo stile usato, si dedicò compulsivamente allo studio dei lemmi marinari e marittimi della storia dei popoli italiani.

Tra il 1863 e il 1864 viaggiò per la penisola e per il Mediterraneo confrontandosi con i marinai dell'Italia unificata, raccogliendo espressioni, portati culturali e linguistici. "Rammento le larghe discussioni tecniche e filologiche sulla mia ricerca, cui davo a bordo l'ultima mano nelle ore più liete del giorno e della notte,"[3] chiosò.

Ne venne nel 1889 la redazione del *Vocabolario marino e militare*, dato alle stampe dall'editore Voghera per carenza di contributi del regio ministero dell'Istruzione – "non possiamo assegnare fondi a opere già in corso di scrittura", s'oppose il ministro Antonio Scialoja.

Subito fu chiaro si trattava di un tesoro della lessicologia e della filologia marinaresca italiana. Lavoro puramente letterario, ben oltre il glossario, monumento a quando gli Stati italiani conoscevano il mare e per il mare andavano.

Pagine di una penisola che ancora possedeva senso di sé. Leggere il Guglielmotti – leggere non consultare – anche in copia anastatica è viaggio entusiasmante. Di ogni lemma vi è descrizione e applicazione. Tiriamo causalmente sulle righe di una raccolta superiore.

Incontriamo sette tipi di risácca, "quel ritorno disordina-

[3] Premessa all'edizione anastatica. A. Guglielmotti, *Vocabolario marino e militare* (rist. anast. Roma, 1898), Ugo Mursia Editore, Milano 1987.

to che fa l'onda, quando è respinta in dietro da un ostacolo, e fugge impetuosa, per il lato di minor resistenza". Antimana, rimpotio, ribollio, sliassa, maricino, deflusso, controbattuta.

La marea si dà in numerosi modi. Crescente, acqua piena, alta, magra, calante, bassa, decrescente, acqua in fele, zozana, favorevole, contraria, di sopra, di sottovento, grande, piccola, viva, morta. Guglielmotti propone la marea anche come misura del tempo. "I marinari dicono 'andare a Londra da Calè con una maréa', cioè fare quel viaggio col flusso in sei ore. E dicono 'scendere da Bordó al mare con quattro marée', cioè in due giorni, navigando ventiquattro ore col flusso".

La voce "onda" occupa oltre sei colonne, secondo forza e profilo, dall'onda negativa alla broccata ("venga ora una bava di vento"), fino alla crespa ("succede la brezza"). Poi maricino, fiotto, cavalloni, flutto, montoni, maroso.

Gabriele D'Annunzio soleva cadere per giorni nel Guglielmotti. Molte sue liriche non sarebbero apparse senza. Come L'*Onda* nell'*Alcyone*. "...L'onda si spezza, precipita nel cavo del solco sonora; spumeggia, biancheggia, s'infiora, odora, travolge la cuora, trae l'alga e l'ulva; s'allunga, rotola, galoppa...".

Impossibile non percepire acuto dolore per un'Italia che nel frattempo ha perduto ogni contatto con l'acqua, trasformando le Alpi nella sua cifra principale, non già semplice cintura orografica.

Fuori dalle storie, dalla storia, dalla geopolitica umana il nostro paese campa di rendita, dei risparmi accumulati e della posizione geografica.

Reputa inutile ogni impresa trascendente la materia. Unico fine è trattenere la ricchezza residua, estraendo influenza o benevolenza altrui dalla nostra collocazione sul planisfero.

Turismo geopolitico, funzionante ai tempi della Guerra fredda verso l'egemone statunitense, oggi appiglio nei confronti della Germania, approcciata come fosse il continente.

Da decenni l'estensione del campo americano all'Europa Orientale ha sbiadito la forza della geografia italiana, senza archiviare il nostro parassitismo, nel frattempo produttore di scarsi risultati.

L'Italia unitaria ha perseguito attivamente il suo posto nel mondo soltanto nella fase iniziale. Dalla breccia di Porta Pia alla Seconda guerra mondiale.

Con una età media di 23 anni e una popolazione capace (quasi) di raddoppiare alla metà del Novecento, Roma provò a inserirsi tra le principali potenze del pianeta, anche partecipando a tragedie, specie al fianco della Germania.

La sconfitta del 1945 ci costrinse nel blocco americano. Washington ci avviò all'economicismo, a sua volta generatore di post-storicismo.

Si diffuse la certezza che i grandi accadimenti fossero scomparsi, perché preclusi a noialtri, sostituiti dalla qualità della vita, categoria propria delle province.

Ne venne il rapido invecchiamento della popolazione, dedita al solo mantenimento dell'agiatezza, accumulata anche per scientifico favore degli Stati Uniti, da dividere tra pochissimi figli, massimo due, meglio se uno. All'irrompere della Guerra fredda scoprimmo il patrimonio geografico.

Fu apprezzata epifania. Per pura fortuna, ci trovammo ai bordi dell'impero americano, sull'inquieto fianco otaniano. Di qua gli occidentali, di là i filorussi, anche autoreferenziali come gli inventati jugoslavi, stanziati alla Soglia di Gorizia.

Imparammo a profittare del timore americano che migrassimo tra i sovietici. La nostra attribuita inaffidabilità, suggeriva di scrutarci ossessivamente, affinché non cagionassimo eccessive distrazioni.

Tenendoci a sé con il riconoscimento di un notevole margine di manovra, all'epoca creduto naturale anziché ottriato. Capaci perché a lungo nella storia, per oltre quarant'anni campammo di posizione geografica, traduzione della topografia in concessioni, lontani dai dolori della potenza.

Ci intendemmo con soggetti ostili agli americani, incubando il partito comunista più grande d'Occidente, stretto al Cremlino da dottrina e finanziamenti.

Coltivammo eccellenti rapporti con numerosi popoli filorussi del Maghreb e del Medio Oriente. Agimmo contro la Francia in Algeria e in Tunisia, sostenendo rispettivamente il movimento indipendentista (1962) e il dittatore Zine El-Abidine Ben Ali (1987). Circondammo i militari americani nella base siciliana di Sigonella, contrari a consegnarci i terroristi che avevano dirottato la *Achille Lauro* (1985).

Raramente Washington intervenne per riportarci alla causa. Di certo, Aldo Moro incappò nella censura imperiale. Reo d'aver immaginato un governo con i comunisti prossimi all'Unione Sovietica, fu abbandonato dagli americani ai rapitori – impossibile stabilire se i brigatisti fossero consapevolmente manipolati o inconsciamente strumentali.

Nella confessione di Steve Pieczenik, funzionario del dipartimento di Stato inviato a Roma durante i 55 giorni del sequestro, "l'ordine era lasciar morire il presidente della Democrazia Cristiana, non avevamo alcuna intenzione di salvarlo".[4]

Coperta dagli Stati Uniti, nel secondo dopoguerra l'Italia accumulò debito pubblico per il 120% del pil. Pratica coltivabile se ritenuta scaltra e non moralmente negativa. Questo il mantra: meglio chiedere fondi in prestito che toccare i propri. Per la condanna dei nostri vicini, sprezzanti verso un popolo che vive (tanto) a credito.

L'implosione dell'Unione Sovietica travolse tale architettura geopolitica. L'intera Europa centro-orientale passò nel

[4] Citato in *Caso Moro, Steve Pieczenik a Mix24 su Radio24: Fino alla fine ho temuto che liberassero Moro*, "Il Sole 24 ore", 7 novembre 2013.

fronte americano, da quel momento esteso dal Portogallo all'Estonia.

Trasferiti dal confine al cuore dell'impero, perdemmo il vantaggio geografico, principale sostanza della nostra politica estera. Anziché reinventarci, ci industriammo per conservare la posizione. Nell'illusione di possedere medesima libertà di un tempo.

Assenza di ogni innovazione prodotta dall'ulteriore invecchiamento della popolazione, passata in cinquant'anni dai 26 anni ai 37 anni di età media (1990). Spostata la frontiera imperiale sull'uscio della Russia, il patron americano smise di tollerare la nostra disinvoltura.

Come squadernato, divenne punto del contendere la riunificazione della Germania.

I governi italiano, francese e britannico si schierarono apertamente contro, prima che Washington si imponesse sui *clientes*. Per avere la Ddr, Bonn avrebbe rinunciato al marco e l'Italia accolse volentieri uno specifico compromesso. Per entrare nell'euro accettammo che la nostra manifattura, seconda del continente, si sciogliesse in quella teutonica, smettendo l'attività di concorrenza.

In cambio, la cancelleria tedesca avrebbe offerto la tripla A ai mercati per proteggerci dagli attacchi finanziari. Felici di continuare ad accumulare debito, tutto pur di non toccare i conti correnti.

L'accordo, più o meno ignobile, volse in dipinto a olio. Nella propaganda, spirava lo spirito di Maastricht. In epoca unipolare, Roma confermò la politica estera da redditiera.

Non curante del pericolo, proseguì nel lanciarsi in territorio alieno. I governi mantennero intense relazioni con la Federazione russa, non solo energetiche, persuasi che la competizione tra Washington e Mosca fosse archiviata.

Il summit di Pratica di Mare (2004), con cui apparentemente la Russia si agganciava alla Nato, fu interpretato come alba di un mondo nuovo, anziché come tregua prima della tempesta.

I salamelecchi della diplomazia ci convinsero d'essere indispensabili, mediatori tanto abili quanto cattivanti. Dentro le inutili campagne militari degli Stati Uniti, tra l'Afghanistan e l'Iraq, più per abitudine che per logica.

Di qui, un genuino stupore quando nel 2011 gli americani, assieme ai tedeschi, smisero di coprirci (temporaneamente) davanti ai mercati, accompagnando all'uscita il presidente del Consiglio, Silvio Berlusconi, per eccessiva confidenza con il Cremlino. Manovra scolastica, condotta da un egemone verso un satellite che sbanda o da un garante finanziario ai danni di un soggetto indisciplinato.

Passaggio coevo dell'assalto subìto in Libia. Negli anni Duemila l'ex colonia era tornata nella nostra disponibilità, attraverso il Trattato di Bengasi sottoscritto nel 2008.

Quarta sponda indispensabile per impedire attacchi militari da meridione, per l'approvvigionamento energetico, per il controllo dei flussi migratori.

Sviluppo irricevibile per la Francia, pretendente maggiore influenza nel Maghreb, memore dell'affronto vissuto in Algeria e in Tunisia. L'occidentale invenzione delle primavere arabe, inverosimile miscela di rivolte e guerre civili, fu giustificazione per la deposizione di Mu'ammar Gheddafi da parte di Parigi, soccorsa da Londra. Con l'obiettivo di sostituire Roma come patron di un successivo regime rimasto in coriandoli.

Per nostra delusione, Washington accolse l'azione franco-britannica senza fiatare, fornendo i missili mancanti quando gli europei esaurirono le munizioni. A nulla valsero le nostre telefonate verso la Casa Bianca, brevemente ricevute dopo lunga anticamera. Se non a validare un lunare sbalordimento.

Costretti dalla guerra, nell'autunno del 2011 bombardammo il territorio che fu coloniale. Negli anni successivi il nostro status s'è perfino aggravato. Per ulteriore immobilismo.

Confusi dalla propaganda americana e dalla nostra senescenza, nel marzo del 2019 ponemmo una firma di troppo.

Aderimmo alle Nuove vie della Seta, nome italiano per la controglobalizzazione cinese, pensata per insidiare l'impero statunitense ma protocollata nella penisola come mera iniziativa commerciale – se conta solo l'economia, di nuovo, non sussistono complicazioni.

Scivolosa eversione, inaccettabile per Washington. Poche settimane dopo la sigla, corredata dall'approdo a Roma di Xi Jinping in tenuta da imperatore, il comando militare americano per l'Africa, allegramente insediato a Stoccarda, si divertì a segnalare che non avrebbe interferito con l'avanzata dei libici di Cirenaica, partiti per cacciare gli italiani da Tripoli, subitamente sprofondati nel panico.

Gli eventi ci imposero nuova sterzata. Recepito il messaggio, i governi successivi impedirono più volte alle multinazionali cinesi di inserirsi in aziende italiane ritenute rilevanti.

Su tutte, il divieto per Huawei o Zte di fornire apparecchiatura 5G ai gestori locali, attraverso il golden power, improbabile anglicismo per indicare il diritto governativo di interdire acquisizioni sgradite.

Prima di abbandonarci nuovamente alla pigrizia economicistica. Quando, nella fase alta della pandemia, consentimmo ai militari russi di risalire la penisola, da Pratica di Mare alla Lombardia, con sessanta milioni di italiani chiusi in casa per il contagio.

Ufficialmente giunti per assistere i malati, presso di noi i russi studiarono il virus e distillarono il proprio vaccino, poi noto come Sputnik. Lassismo nostro che condusse, terminata la fase acuta dell'emergenza sanitaria, alla sostituzione del governo di Giuseppe Conte con quello di Mario Draghi. Chiamato a Palazzo Chigi su benedizione americana, per ripristinare lo status quo e gestire i nuovi soldi garantiti dalla Germania, nel frattempo battezzati Pnrr.

Condotta confermata anche negli anni successivi, al di là degli eventi elettorali. Per ottenere l'afflusso dei fondi, utilizzando la posizione geografica, e trasformare il paese nel principale snodo degli idrocarburi provenienti da Asia e Africa, diretti verso la Germania, in mancanza di quelli russi.

Stavolta nel terrore di incontrare nuovamente la rappresaglia washingtoniana, dunque mostrandoci più filo-ucraini degli americani, quest'ultimi ormai meno entusiasti della campagna.

Senza frequentazione della sostanza, alle nostre latitudini la carrellata appena descritta non è compresa. È tramandata come prodotto dell'azione dei singoli leader.

Qui vige lo scontro tra visioni politiche, valutate come opposte guardando all'ordinaria amministrazione, con punte di massiccia aggressività.

Senza accorgersi che sulle questioni decisive i principali partiti italiani risultano perfettamente identici.

Tutti giurano di conservare i nostri soldi in banca, s'occupano d'economia, respingono ogni unilaterale intervento armato all'estero, si dichiarano atlantisti, come se pertenere a uno spazio imperiale fosse questione d'adesione.

Nessuno propone di ridurre la ricchezza, tramite massiccia tassazione o patrimoniale, per sottrarre ad altri la possibilità di ricattarci imbracciando il nostro immenso debito. Minore opulenza per una maggiore potenza. Lacrime e sangue stavolta non per agganciarci a un'area di libero scambio ma per guadagnare una porzione di iniziativa.

Svolta che, se mai annunciata, imporrebbe l'esilio a ogni governo, sveltamente costretto a Sant'Elena. Eppure semplicemente quanto perseguito negli anni da americani, britannici, iraniani o turchi.

Anziché metterli sul tavolo comune per imprese di più lungo anelito, le regioni, peggiore invenzione della contemporaneità, ambiscono a trattenere sul territorio maggiori fondi.

Nessun partito o candidato promette di riformare la nostra istituzione pubblica o privata, ormai lunare oltre ogni pudore e a dispetto dei fatti.

Nessuno annuncia interventi militari in solitaria nei dossier per noi decisivi, dalla Libia a Bāb el-Mandeb, dall'Africa occidentale al Mediterraneo orientale.

Nel 2019, quando i turchi ci salvarono (e umiliarono) al cospetto degli haftariani, l'opinione pubblica italiana non s'accorse di nulla, presa dal discutere di catastrofi ambientali, di fondi paneuropei. Stenografia dell'ordinario.

Siamo l'unico paese al mondo che, con percentuali da plebiscito, comunica di sognare la pace incondizionata, senza indagare a quale costo, a danno di chi, su quali confini, con quali vincitori e vinti. Pace, punto. Utilitarismo proposto come nobiltà. Niente di più senescente.

Fisiologico i nostri principali partiti politici, prodotto della società che credono di guidare, si mostrino uguali. Sarebbero tra loro diversi se qualcuno fosse dichiaratamente economicistico, qualcun altro massimalista, qualcuno filoamericano, qualcun altro antagonista di Washington, qualcuno dedito alla qualità della vita, un altro ancora a barattare il reddito per l'influenza sugli altri.

Soltanto in questi casi.

Invece siamo fissi da decenni. Qualsiasi evento capiti vicino o lontano, continuiamo a invecchiare, a diminuire, a tradire complesso d'inferiorità per l'inglese (siamo rimasti noi e i tedeschi), a pensare il mare non come ragione di vita ma come portatore di sciagure, di invasioni che non sussistono. Al cospetto dell'odierna fase d'egemonia contrastata, con gli Stati Uniti sfidati da russi, cinesi, iraniani, turchi, ci trastulliamo nella rappresentazione del creato. A digiuno di storia popolare, non scrutiamo i massimi sistemi.

Precipitati senza rete in tempi convulsi, non sappiamo letteralmente cosa fare. La guerra rischia di lambire i nostri confini e noi ficchiamo la testa sotto le coperte, sperando di ricomparire allo scendere della tormenta. Continuiamo ad affidarci a Mamma America, tra parassitismo e spavento.

Ignari di come il post-storicismo stia penetrando anche le coste della superpotenza, assegnando ai cosiddetti statunitensi di dentro l'incombenza di difenderci. Ovvero quegli astiosi con il mondo e con noi, rabbia attribuita quaggiù al solito capo irrilevante (Donald Trump) oppure rubricata vertigine passeggera, anziché sentimento strutturale.

Più che a salvarci, questi paiono inclini ad abbandonarci. Al nostro Sos, forse un giorno provocato dalla guerra in casa o da eccessiva intimità con Pechino, potrebbero rispondere "non possiamo". Consegnandoci alla disperazione.

Prima degli eventi, urge un ritorno alla realtà.

Scenario improbabile, se non impossibile. Forse, dopo aver creduto vero ciò che non è e non fu mai, ritroveremo consapevolezza quando sarà troppo tardi.

Almeno sia utile la geopolitica umana. In bocca al lupo.

Ringraziamenti

Un sentito ringraziamento all'editore Feltrinelli per avermi voluto tra i suoi autori. Grazie a Camilla Cottafavi per l'accoglienza e per la fiducia. Ad Alessia Dimitri per i consigli e la paziente lettura. A Carlo Buga per l'eccellente lavoro. A Massimo Pellegrino per il sostegno costante. All'intero gruppo Feltrinelli per l'aiuto e la professionalità. Alla redazione di "Domino" e agli allievi della Scuola di Domino per l'incitamento e le sollecitazioni. Alle persone della mia vita, sempre capaci di riportarmi nel mondo quando cado nel mio.

Indice